위로가 결제되었습니다.

위로가 결제되었습니다.

안보미

로즐리

이시내

구미화

박수진

박노현

서원

김동호

오소리

문준호

들어가며

트럼펫을 부는 열 명의 벌거벗은 사람들.

위로가 필요할지도 모르는 우리가 만나 글을 썼습니다. 자신이 쓴 글을 보여 주는 것은 마치 옷을 벌거벗고 남들 앞에 서 있는 것과 비슷한 생각이 듭니다. 그래도 우리는 우리들의 이야기를 써 내려갔습니다. 한 권은 나를 위하여, 다른 한 권은 너를 위하여, 마지막 한 권은 위로 필요한 그대들을 위한 것입니다.

우리들의 글을 읽다 보면 세상 모든 사람들의 고민이 많이 닮아 있음을 다시금 알게 됩니다. 글을 쓰는 동안 서로의 글을 읽고, 함께 고민하고 같이 웃었습니다. 상대방을 이해하고 공감할 수 있는 시간이었기에 좋은 기억으로 남았고, 앞으로 상황이 허락한다면 '문우(文友)'의 인연을 이어가 볼까 합니다. 복중에는 인연복이 제일이요, 인연복은 인화에서 나오고 인화는 심화에서 나온다고 합니다. 마음자리가 중요하단 뜻인데 힘든 세상에서 좋은 마음 갖기 힘들 때 우리의 글을 보고 위로가 되었으면 하는 바람입니다.

세상은 우리에게 술을 권하지만, 우리는 글 읽기를 권합니다.

우리는 스스로에게 승리와 환희의 트럼펫을 연주하듯 글을 썼습니다. 그대들도 우리의 트럼펫 연주를 들어 보지 않겠습니까?

- 공동저자 中 박수진

R

Address	40, Blue Avenue
Date	27/10/2020
Manager	Mary Jane

위로	
위로	0.15
위로	1.10
	2.25
Price	
Sale	3.50
VAT	0
	0.25
Total	
	3.75

위로	
위로	3.50
위로	0.10
위로	0.95
위로	1.40
위로	0.35

Price	13.75
Sale	0
VAT	1.50
Total	15.25

THANK YOU!

차 례

공회당

안보미

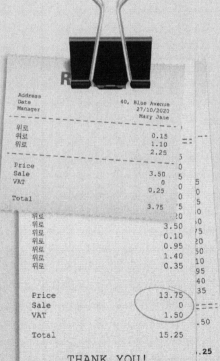

Address   40, Blue Avenue
Date   27/10/2020
Manager   Mary Jane

위로   0.15
위로   1.10
위로   2.25

Price
Sale   3.50
VAT   0
            0.25
Total
            3.75

위로
위로   3.50
위로   0.10
위로   0.95
위로   1.40
위로   0.35

Price   13.75
Sale   0
VAT   1.50

Total   15.25

THANK YOU!

안보미   3살 난 아들을 키우는 엄마입니다. 대학에서 법학을 전공했고, 운 좋게 교직 자격증을 취득했습니다. 대학교 시절부터 학원이며 과외로 밥벌이를 하다 보니 가르치는 것을 천직으로 여겼습니다. 힘든 서울 생활을 끝내고 5년 전 제주에 내려왔습니다. 배운 게 가르치는 일이라, 제주 동쪽 어느 시골 고등학교에서 학생들을 가르칩니다. 나의 일상을 반추하며 기록하는 즐거움을 느끼기 위해 펜을 들었습니다.

들어가며

『 자신의 마음속에 하고 싶은 이야기가 넘쳐흘러서 더 이상 묻어둘 수가 없을 때, 그것을 다른 어떤 방식이 아니라 글로 표현하고 싶을 때, 그때 글을 쓰는 것입니다. - 송지나 - 』

5년 전 제주에 내려와 결혼하고 아이를 낳고 제주 땅에 자리를 잡았습니다. 그저 흘러가듯 살아가는 일상에서 나를 저만치 한 구석에 밀어 놓고 한 번도 스스로를 다독여 본 적이 없었습니다. 공회당 카페에서 엄마와 많은 이야기를 나누고 돌아가는 차 안에서 하염없이 흘러내리는 눈물을 닦으며 내가 하고 싶은 이야기가 많은 사람인 걸 알았습니다. 할머니의 갑작스러운 죽음이 나에게 엄마에게 얼마나 큰 슬픔이었는지, 그날 공회당 카페에 앉아 터놓지 않았다면 평생을 가슴 한편에 밀어 놓고 살아 냈을 우리 두 모녀였습니다. 우리 모녀가 기억하는 할머니의 삶은 고되었어도 참으로 열심히 살아낸 삶이었습니다. 그래서 엄마와 내가 기억하는 할머니를 글로 쓰고 싶었습니다. 나의 글이 사랑하는 엄마에게 작은 위로가 되고, 그리운 할머니를 향한 추모가 되길 바라며, 나의 이야기를 시작합니다.

친정 가는 길

　설 당일 시댁에서 명절을 치르고 모처럼 친정 나들이를 했다. 그날은 볕은 마른 데 창밖 나무들은 머리를 세차게 흔들고 있었다. 일주도로를 달리는 동안 남편과 나는 말이 없었다. 침묵 속에서 간간이 카시트에서 잠자는 아들에 새근대는 숨소리만 들릴 뿐이었다.

　얼마 전 대학병원에서 갑상샘 수치가 많이 떨어졌다고는 했지만 이렇게까지 피곤할 일은 아니었다. 아마도 설 전날 아들의 잠투정으로 쪼개어 잔 잠이 피로를 가중했고, 근래 일감들이 몰려 육아를 병행하는 나로서는 체력적으로 한계였다. 더군다나 그날은 설 명절날의 특수성을 알기에 입조차 달싹거리지 않고 에너지를 아꼈다. 그런 나의 상태를 둔한 남편도 알아차렸는지 일부러 말을 붙이지 않았다.

　친정을 가는 차 안에서 익숙한 풍경들을 눈 안에 담으며 이틀 전 엄마에게 걸려 온 전화 내용이 생각이 났다.

　"설 연휴 배가 못 뜬단다. 설 연휴는 쉴 수 있을 거 같다. 관우 데리고 하루 자고 가라."

　겨울마다 지역 농산물을 수매해서 유통하는 일을 하는 엄마에겐 이 계절이 바쁘다. 달력의 색칠 된 빨간 날들과 상관없이 엄마는 일을 해야 했다. 그런데 설 연휴 전부터 이틀째 계속되는 폭설로 인해 제주에서 육지로 배가 나가지 못했다. 엄마에게 뜻밖에 휴가였다. 해를 넘겨 3살이 된 손자가 보고 싶었는지 엄마에게서 설 전날에도 연락이 왔다.

　"설 당일에 눈 안 녹았으면 무리해서 올 필요는 없다. 그래도 볕은 포근하니까 눈 빨리 녹을 듯싶다."

엄마는 제주에서 나고 자랐지만, 투박한 경상도 사투리를 툭 내뱉었다. 7남매 중 맏이였던 엄마가 동생들 뒤치다꺼리에 고등학교 졸업도 못 할까 봐 부산 이모할머니는 일찍이 엄마를 부산으로 불러들였다. 엄마에게 은인이었다. 덕분에 대학까지 마쳤다. 부산에서 남편을 만나 두 딸을 낳았고 그렇게 엄마는 육지 사람이 되었다.

부지런히 차를 몰고 종달할아버지가 계신 축사에 도착했다. 눈이 녹아 젖은 말 거름 냄새와 시골 강아지들에 사료 냄새가 섞여 코를 자극했다. 익숙한 냄새라 불쾌하진 않았다.

우리 내외가 도착했을 땐 명절 분위기가 정리된 후였다. 명절마다 시댁에서 며느리 노릇을 해야 했던 나는 외사촌들과 매번 엇갈렸다. 집에 들어서자마자 우리 내외는 먼저 할아버지에게 세배를 드리고 차례로 친정 부모님께도 세배했다. 부모님과 새해 덕담이 오가는 사이 슬그머니 뒷짐 지고 안방으로 들어가시는 할아버지에게 나는 쪼르르 달려갔다. 그리곤 미주알고주알 그동안에 나의 안부를 할아버지에게 고해바쳤다. 엄마는 감기 기운이 있는 어린 손자가 걱정되었는지, 우리 내외 보고 먼저 축사에서 내려가 친정에 가 있으라고 했다. 친정에 왔지만, 엄마는 해가 저물어도 오지 않았다. 엄마 없는 친정집에 있기 싫었다. 엄마를 따라 할아버지 계신 축사에 다시 가 볼까 했지만, 관우를 데리고 외풍 소리로 창문이 흔들리는 그곳에 가기가 망설여졌다. 이럴 바엔 그냥 내 집에서 편하게 자고 싶었다. 남편에게 넌지시 '집에 갈까?' 해보니 관우는 자기가 보겠단다. 그러니 친정에서 혼자 하루 자고 내일 엄마와 오붓한 시간 보내라고 기특한 소리를 했다. 다음 날 새벽 남편은 기척도 없이 흩어져 있던 아이의 물건을 보따리에 싸서 제주시 집으로 갔다. 동이 틀 무렵 엄마는 관우를 보기 위해 축사에서 잰걸음으로 내가 있는 친정집으로 왔다.

"관우랑 고 서방은?"

"갔어. 제주시에 엄마랑 모처럼 둘이 데이트하려고 너무 오랜만이 잖아요. 우리."

엄마는 3살 어린 것이 좋아할 음식들로 가득 담긴 이마트 장바구니를 맥없이 식탁에 풀어놓았다. 곶감, 한과, 한라봉, 사과, 바나나, 천혜향. 할아버지의 증손자를 향한 애틋함과 엄마의 손자를 향한 사랑이 담긴 그것들은 이내 섭섭해진 손으로 하나씩 냉장고와 찻장으로 향했다. 남편이 기특한 소리를 내뱉은 설 당일 밤에도 엄마는 80이 넘은 노부(老父)의 잠자리를 살피느라 축사에서 밤을 보냈다.

재작년 해녀 물질을 하던 할머니가 황망하게 세상을 저버렸다. 그날은 할머니의 고생을 먹고 자란 일곱 장성이 모이는 5월 8일이었다. 그날도 마음 부지런한 할머니는 축사에 모이기로 한 자식들을 기다리지 못해 바다로 우뭇가사리를 주으러 가셨다. 그리고 울렁이는 파도 속에서 할머니는 나오지 못했다. 할머니를 모시러 갔던 엄마는 생경하게 일어나고 있는 그 순간을 그저 멍하니 지켜볼 수밖에 없었다. 엄마는 그렇게 엄마를 잃었다.

공회당(公會堂)

　모처럼 엄마와 단둘이 있는 시간을 허투루 쓰고 싶지 않았다. 고심한 끝에 엄마와 나는 공회당으로 갔다. 공회당(公會堂)은 한자어대로 풀이하면 '일반 대중이 모임 따위를 할 때 사용하기 위하여 지은 집'을 말한다. 마을의 중심이었던 공회당의 쓸모가 아래쪽 마을 회관으로 옮겨 가면서 한동안 공동 비료창고로 쓰였던 곳이었다. 종달리에서 외지 사람에게 카페로 임대하고 있다고 했다. 오며 가며 그저 마을의 농가 창고 같던 그곳은 더 이상 마을의 것이 아닌 모양이 되었다.

　엄마와 내가 새 단장을 마친 그곳을 처음 방문한 것은 작년 8월 어느 밤이었다. 그날의 제주에 밤은 바다의 습기를 머금고 텁텁게 바람을 내뿜었다. 해가 길어져도 8시 29분이란 시간은 시골에서는 캄캄한 밤이었다. 컹컹대는 시골 개들의 소리가 이따금 울리고 옅게 흘러나오는 가정집 TV 소리가 이곳과는 이질적이었다. 카페 입구에는 세로방향 나무판에 **공회당**이라고 적혀 있었다. 간판 옆으로 이국적인 창살 문양에 문이 묘한 기시감을 불러왔다. 창살의 문양은 화양연화의 국수가 담긴 양철통을 연상케 했고, 유리문 너머로 보이는 중앙에 바 테이블은 중경삼림에 카네시로 타케시의 통조림이 생각났다. 엄마와 내가 문을 열고 마주한 그곳은 층고가 높아 이층으로 올리고 아래는 일본식 좌식 다다미를 깔았다. 천장에는 나무 서까래를 촘촘히 세모 반듯하게 이고 나무 목재를 이용한 층계와 난간은 퍽 일본식 가옥을 연상케 했다. 가운데 바 테이블 뒤로 천장까지 닿아 있는 선반에는 술병들이 자리를 잡았다. 중앙 홀 다다미에는 붉은 조명들이 밝게 내리쬐었다. 엄마와 내가 자리 잡은 이층에는 조도가 낮아 서로의 면면을 확인하기 어려웠다. 어두운 곳에서 밝은 다다미 홀을 내려다보는 시선이 꽤 흥미로웠다. 1960년대 빈티지 감성을 가진 가죽 소파에 앉아 커피 한 잔을 시켜보니 익숙한 듯 이색적인 감성이 느껴졌다. 어릴 적부터 엄마의 고향 제주는 나에게 홍콩과 일본 사이 어디쯤 그 누구도 찾을 수 없는 별나라 같은 곳이었다. 그런 감성을 다시금 건드리는 그런 장소였다.

작년 8월 어느 밤 이후로 다시 찾은 그곳에서의 낮 분위기는 또 다른 감성을 불러왔다. 1920년대 설움과 낭만 그 어디쯤일까 폐병쟁이 화가의 고뇌와 연초를 내뱉으며 시대의 암울함을 글로 토로할 글쟁이가 앉아 있을 법한 그런 곳이었다.

뜨거운 아메리카노와 카페 라테, 치즈 케이크 하나를 주문하고 밖이 내다보이는 이층 구석진 자리로 향했다. 둥근 테이블을 끼고 마주 앉은 엄마와 나는 동시에 밖을 내다보았다. 공회당 카페 안 이층은 유달리 어두웠다. 네모난 창가로 들어오는 자연채광 너머에 모습들만 그저 지그시 바라볼 뿐 별다른 말이 없었다. 문득 지금, 이 순간이 영화에 한 장면 같다고 생각했다. 만약 내가 트루먼 쇼와 같은 영화에 주인공이라면 지금 앵글이 촬영감독이 심도 있게 좀 인하는 순간이리라.

엄마의 기억 속에서 공회당은 어른들에게는 마을에 중요한 일들을 처리하는 리 사무소이자 마을회관이었다. 공터에서는 동네 주민들이 초가집 지붕 새끼를 꼬기도 하고, 마을의 대소사를 처리하기도 했다. 아이들에게 공회당 공터는 고무줄, 술래잡기, 비석 치기를 할 수 있는 놀이터였다. 엄마가 처음 영화를 본 것도 공회당이라고 했다. 흑백 영사기를 돌려 온 동네 주민들이 콩나물시루처럼 빼곡하게 들어앉아 딴 세상을 들여다본 그곳에서 엄마는 자랐다.

엄마는 제주에서의 유년 시절을 지나간 연인을 그리워하듯 어린 나에게 종종 애틋하게 말하곤 했다. 그래도 항상 이야기 끝에는 자신은 육지와 더 맞는 사람이라고 했다.

십 년 전 아버지의 퇴직 이후, 부모님은 제주로 아주 내려오셨다. 아버지는 주말마다 쌈짓돈을 털어 산 작은 밭뙈기에 40분 남짓 차를 몰고 가 흙을 밟으셨다. 그곳은 아버지에겐 쉼터이자 놀이터였다. 흙이 좋은 아버지는 제주 처가에 방문할 때마다 할머니를 쫓아 부지런히 당근밭이며 감자밭을 서성였다. 어설프지만 손 거들겠다고 나서는 맏사위를 할머니는 말없이 데리고 다니셨다. 그런 아버지에게 이제 제주 가서 내 부모 봉양하며 살겠다는 엄마의 결단을 거절할 명문은 없었다. 그렇게 엄마는 그리운 섬 제주에 뿌리를 내렸다.

제주 돌담

창밖 너머로 공회당 공터가 보였다. 카페에 들어선 손님들에 차가 줄지어 주차되어 있었다.

먼저 정적을 깬 건 엄마였다.

"예전에는 공회당이 엄청 너른 줄 알았는데 이리 내려다보니 참 작네. 저기 맞은편 돌담길이 어릴 땐 천 리 같았는데 어른 걸음 수로 몇 안 됐겠다."

공회당 공터 맞은편 가옥을 둘러싼 제주 돌담길을 엄마는 계속 걸음 수로 헤아렸다.

환갑이 넘은 엄마에게 저 돌담은 아직도 유년에 한 장면으로 박혀 있었나 보다. 태풍 부는 어느 날 무섭게 휘감아 치는 제주 바람 속에서 6살 난 엄마는 4살 둘째 이모의 손을 잡고 저 돌담을 붙어 갔다고 했다. 어린 두 자매는 자신보다 큰바람과 맞서 싸우며 저 길을 지나갔다. 그날은 할머니가 계집아이 셋을 낳고 첫아들을 보는 날이었다. 할머니의 해산날에 두 자매는 어른 걸음으로 10분이 채 되지 않는 승희 상회로 보내졌다. 그날은 하늘이 심상치 않았고 바람이 매서웠다. 할머니는 해산의 고통을 이기지 못하고 정신을 잃었다. 해산을 돕던 집안 어른들은 어린 두 자매를 불렀다. 어린 두 자매는 엄마의 마지막이 될지도 모를 그 긴급한 상황에 집으로 가기 위해 서로를 의지하며 바람과 싸웠다고 했다. 두 자매를 날려 버릴 수도 있는 그 바람이 엄마는 너무 무서웠다고 했다. 집으로 가는 그 길이 천 리 길 같았다고 했다. 6살 꼬마가 4살 난 동생까지 챙기기에 너무 무서운 바람이라고 했다. 할머니를 보기 위해 천 리를 뚫고 들어선 집 안 풍경을 엄마는 생생하게 기억했다. 동네 어른들이 빼곡히 들어선 마루에 갓 돌 지난 여동생은 엄금 엄금 기고 있었고, 할머니는 나오지 않은 뱃속 아기를 품고 맥을 놓고 있었다. 동네의원이 한참을 살폈고, 해산을 돕던 어른들이 팔다리를 한참 주무른 후에 다시 해산이 시작되었다고 한다. 그날 우리 삼촌이 태어났다.

엄마의 이야기 따라 내 시선도 자연스럽게 창밖 넘어 돌담길에 머물렀다. 저 돌담을 붙어 지나가는 어린 자매가 흐릿하게 겹쳐 보였다.

종달리 바다

내가 11살이 되던 해 시부모의 봉양과 맞벌이로 고단한 엄마는 동생과 나를 뭍에서 엄마의 친정 제주도로 보냈다. 엄마의 친정은 제주 동쪽의 어디에 붙어 있는지도 모를 작은 해안가 마을 '종달리'라는 곳이었다. 그렇게 나와 동생은 엄마의 친정에 유년을 의탁했다. 1년의 짧은 세월이었지만, 그때 우리는 행복했다. 전교 70명 남짓에 올망졸망 돌콩만 한 아이들이 해맑게 웃는 내 학교는 매주 토요일 종달리 앞바다에 나가 현장 체험학습을 하고 종달리에 있는 지미봉 산꼭대기까지 헉헉대며 체력 단련을 했다. 10반까지 한 반에 책걸상이 빼곡한

육지학교에서 온 우리에게 학년마다 반이라 곤 1반 밖에 없는 종달초등학교는 여유로웠다. 한 반에 13명 내외가 전부인 이곳에서의 하루는 온통 재미있는 것들로 가득했다.

할머니는 가끔 우리 자매를 데리고 종달 앞바다에 조개를 캐러 가셨다. 양말을 벗고 진흙더미 발을 슬슬 움직이면 조개들이 발가락 사이로 턱턱 걸려들었다. 한 소쿠리 가득 채운 조개는 그날 국거리가 되었고, 심심풀이 채집한 작은 게들은 튀겨서 찬거리에 내놓았다.

우리 할머니는 바쁜 일상에서 기동성을 확보하기 위해 ATV 사륜오토바이를 타고 다니셨는데 언젠가 할머니 허리를 붙잡고 내달린 종달리 해안가 풍경을 잊을 수가 없다. 바닷냄새 가득한 해조류 냄새와 살갗을 스치는 시원한 바닷바람 어슴푸레 져가는 저녁놀 꽉 잡으라고 소리치는 할머니 고함. 그리고 할머니 냄새까지. 그 모든 시간은 나의 행복 주머니 속에 반짝이는 구슬처럼 담겨 있다.

왕할머니

텅 빈 터에서 아이들의 말소리가 들렸다. 네모난 유리창 너머로 적막을 깨는 발랄한 소리에 시선이 따라갔다. 콩알만 한 형제 둘이 공회당 공터를 가로질러 한 곳에 발길이 멈췄다.

공회당을 살짝 비켜 대각선에 자리 잡은 건물. 그곳에 승희상회가 있다.

하굣길에 우리 자매는 매번 승희상회를 찾았다. 그곳은 꼬마 학생들의 문방구와 유희 거리가 가득한 우리들의 쇼핑센터였다. 마을에 유일한 상점이었던 탓에 그곳에는 남녀노소 발길이 끊이질 않았다. 작은 체구에 낮고 다정한 제주 사투리를 뽐내던 상점의 주인 할머니를 우리는 좋아했다. 그녀는 하얀 피부에 은테 안경을 반짝거리고, 자연스럽게 웨이브 진 짧은 머리와 파스텔 뜨게 스웨터가 잘 어울렸다. 당시 어린 나이에도 승희상회 할머니는 시골 작은 마을보다 샌프란시스코 어디쯤인가 흔들의자에 앉아 뜨개질하고 있는 미국 할머니가 더 잘 어울린다고 생각했었다. 주인 할머니는 우리 자매가 방문할때마다 다른 한 봉지 가득 과자를 담아 주시곤 했다. 마을에서 오락과 간식거리가 유일하게 제공되는 승희상회에서 특별대우는 그저 어린 꼬마들에게는 부러움에 대상이었다. 내 머리가 굵어져 세근 머리 있을 나이쯤, 그녀가 우리 할머니에 이복 남동생의 처(妻)라는 사실을 알게 되었다.

승희상회에서 머물러 있던 시선을 거두고 엄마에게 승희상회 할아버지에 안부를 물었다.

할머니에게는 배다른 형제이지만 두 남매의 우애가 깊었다는 것을 익히 들어 알고 있었다.

"승희상회 할아버지 할머니 잘 지내시지? 나중에 가다가 인사 한번 드려야지."

나의 물음에 엄마는 대뜸

"너 왕할머니 기억나? 공회당 위에서 내려다보니 별별 생각이 다 나네…'"

엄마는 김이 아직 남아 있는 카페 라테를 한 모금 마시고 말을 이었다.

"너희 왕할머니는 우리 어머니를 어떤 맘으로 키웠을까? 각각 재가해서 낳은 승희상회 삼촌 부산 이모들은 그래도 부모 품 안에서 자랐는데 너희 할머니 홀로 뚝 떨어진 섬처럼 그리 외롭게 자라서는 … 우리 어머니는 참 외로웠겠다. 키우는 왕할머니는 참 많이 애달팠겠다."

우리 할머니는 왕할머니 손에 컸다. 일찍이 할머니의 아버지는 일본 동경에 딴살림을 차렸다.

할머니의 어머니는 젊은 나이에 부산으로 재가했다. 부부의 인연이었던 흔적은 우리 할머니 하나였다. 그런 할머니를 왕할머니가 거둬 키우셨다. 어린 친손녀를 아들 며느리 없이 홀로 키우신 왕할머니는 우리 할머니에게 엄마나 진배없었다. 나는 왕할머니의 모습을 기억한다. 어린 사촌 동생을 애기구덕에서 재우며 알 수 없는 제주 방언으로 자장가를 부르던 목소리, 뽀얀 얼굴에 정갈하게 쪽 찐 머리, 동그란 얼굴에 별 사탕을 박은 듯 반짝거리던 두 눈, 그 기억들은 내가

8살이 되던 해가 마지막이었던 것 같다.

엄마는 나에게 종종 왕할머니에 대한 이야기를 꺼내곤 했다. 여느 제주의 여성들처럼 우리 할머니도 생계를 책임지는 가장이었다. 7남매를 건사하기 위해 농사를 짓고 물질을 하고 장사를 해 왔던 할머니를 대신해서 집안 살림과 어린 손주들을 돌보는 것은 언제나 왕할머

니였다. 어린 손주들은 왕할머니의 옛날 옛적 이야기를 좋아했고, 서로 왕할머니 옆에 자려고 자리싸움을 했다. 왕할머니의 손가락 하나 붙들고 자는 것을 정서적 위안 삼으며 엄마와 어린 형제들은 그렇게 자랐다고 했다. 그래서인지 엄마의 기억 속에 왕할머니는 더 애틋하고 그리운 사람이었다. 그런 엄마가 뜻밖에 처음 듣는 왕할머니의 사연을 토해냈다.

"여기 공회당 너희 왕할머니 때는 고문하는 장소였어. 너희 증조할아버지가 동경 가 있을 때, 제주 4, 3사건 터졌었거든, 그때 아들 어디로 빼돌렸냐고 일본에서 빨갱이인 짓 하고 다니는 거 아니냐고 그 자그마한 노인네를 묶어 놓고 매섭게 매질하고, 정신 잃으면 양동이로 찬물 끼얹고, 왕할머니 살아 있던 게 기적이라고 하시더라. 참 억울하고 서글픈 세월이었지, 그 사연 많은 장소가 여기 이 공회당 자리다."

모녀(母女)

모락모락 김이 나던 아메리카노에 찬 기운이 들 때쯤 공회당 공터와 붙어 있는 가정집에서 둔탁한 쇳소리와 함께 허리가 반으로 휜 한 노파가 나왔다. 허연 파마머리는 바람에 휘날려 힘없이 나풀댔다. 거동이 불편한지 유모차를 끌며 몸을 움직이는 모습이 슬로우 기법을 활용한 영화에 한 장면 같았다. 엄마는 내 시선이 창밖 넘어 그 노파에게 닿을 걸 보고 한 마디를 얹었다.

"네 할머니랑 한 동기간처럼 친하게 지내시던 친구분이셨다. 저 여자 삼춘도 참 많이 늙으셨네. 참 곱던 분이셨는데 세월 앞에서 장사 없네." 문득 영화『은교』에서 노인, 이적요를 연기한 박해일의 대사가 생각났다. '늙는다는 것. 이제껏 입어 본 적이 없는 납으로 만든 옷을 입는 것.' 그 말을 사무치게 이해할 날이 온다면 나는 내 모습을 받아들일 수 있을까?

'너희 젊음이 너희 노력으로 얻은 상이 아니듯, 내 늙음도 내 잘못으로 받은 벌이 아니다'라는 이적요의 항변이 내 엄마의 것이 될 때. 나는 무던히 엄마의 힘없는 머리카락을 마주할 수 있을까? 엄마도 할머니의 노화가 담담했을까? 꼬리를 무는 서글픈 생각에 왈칵 눈에서 뜨거운 것이 쏟아질 거 같아 황급히 식은 커피를 들이켰다. 엄마는 미세하게 일렁이는 나의 동요를 뒤로하고 말을 이어갔다.

"저 여자 삼춘 집 바로 뒷집이 네 할머니 어릴 때 살았던 집이다. 저 집에서 엄마도 어릴 때 잠깐 살았다." 공회당을 중심으로 아랫집에서 할아버지가 윗집에서는 할머니가 같은 해에 태어났다. 두 분은 어릴 적부터 친한 친구 사이로 지내다 평생을 같이하셨다.

공회당 윗집에서 할머니는 어린 엄마를 데리고 점방을 운영하셨다. 농산물을 리어카에 실어다 세화에서 종달까지 부지런히 움직이며 품을 파셨고, 해녀 물질도 틈틈이 하셨다.

엄마는 가끔 할머니가 리어카를 끌고 종달리로 오던 밤길이 생각난다고 했다. 그때는 가로등 불빛 하나 없을 때라 껌껌한 밤이 너무나도 무서웠다고 했다. 그때 내 나이도 안 된 할머니는 어린 엄마의 손을 잡아채고 걸음을 바삐 움직였다고 했다. 엄마는 돌이켜 생각해 보니 할머니도 무서웠던 것 같다고 말했다. 엄마는 담담히 할머니에 대한 말들을 쏟아 내곤 아무 말 없이 창밖만 바라봤다.

엄마와 나는 장례식 이후 서로 할머니에 대해 일절 말하지 않았다.

나는 할머니가 돌아가신 뒤로 한동안 바다를 보지 못했다. 해녀복을 입고 물질하는 치들만 보여도 눈물이 났고, ATV 사륜구동을 타고 동쪽 해안도로를 내달리는 치들만 봐도 눈물이 났다. 바닷바람에 너풀대는 파마머리 할망들만 봐도 눈물이 나서 견딜 수가 없었다. 그렇게 나는 할머니와 이별이 무뎌지지 않았다. 그랬기에 할머니가 바다에 집어삼켜지는 모습을 그 자리에서 무력하게 지켜봐야 했던 엄마의 심정을 가늠할 수 없었다. 그런 엄마에게 할머니에 대한 사무친 마음을 내가 먼저 내 보일 수 없었다. 엄마에게 오히려 상처가 될 수도 있으리라. 그런데 엄마는 나와의 암묵적 금기를 깨고 할머니에 대한 기억을 뱉어냈다. 그런 엄마 앞에서 나는 결국 목구멍까지 차오르는 불덩이를 눈물로 쏟았다. 도저히 주체할 수 없는 감정이었다. 소리가 새어 나가지 않게 입을 꾹 다물고 울어도 어깨는 들썩이고 커피 쟁반에 담긴 냅킨 4장은 온통 젖어서 더 이상 물기를 닦아내지 못했다. 엄마는 나를 보지 않았다. 그저 창밖을 보면 담담히 울음을 삼켰다.

한참의 침묵을 깨고 엄마에게 물었다. '괜찮으냐고' 엄마는 괜찮지 않다고 했다. 할머니가 너무 보고 싶다고 했다. 그렇게 허망하게 보낸 자신을 자책한다고 했다. 엄마에, 뺨에서는 쉴 새 없이 눈물이 흘러내렸다. 울음을 삼키며 떠듬떠듬 할머니에 사고 장면을 기억해 냈다. 그리고 계속 할머니가 너무 보고 싶다고 했다. 그날 두 모녀는 마음의 슬픔을 모조리 쏟아내듯 펑펑 울었다.

에필로그

어버이날 당일 남편의 용무가 바쁘다고 하여 하루 전날 종달리에 갔다. 임신 8개월 차 배가 뭉치는 날이 잦아 장거리 외출은 언제나 남편과 함께했다. 축사부터 갔지만 두 어른은 자리에 계시지 않았다. 친정으로 내려와 있으니 밖에서 익숙한 ATV 사륜구동 기계음 소리가 났다. 할머니였다. 무거운 몸을 이끌고 내려갔더니 그새 용건만 엄마에게 건네고 할머니는 가셨다. 기계음이 났던 자리엔 애먼 매연만 자욱했다. 저만치 ATV를 타고 내달리는 할머니의 뒷모습을 보며, 할머니는 뭐가 그리 바빠서 오토바이에서 내리지도 않고 가시냐고 엄마에게 퉁퉁댔다. 엄마는 할머니가 우뭇가사리 철 막바지라 바쁘시다 했다. 부모님과 식사를 끝내고 할머니에게 직접 전하지 못한 용돈 봉투만 전하고 다음 주말에 오겠다고 했다.

그날 저녁 늦게 엄마에게서 전화가 왔다. 우뭇가사리 한 짐을 해 온 할머니가 용돈 봉투 받고 너무 좋아하셨다고 했다. 몸이 무거워져 장

거리 외출이 쉽지 않아 할머니를 보지 못한 게 못내 서운하다고 볼멘
소리를 하고 잠자리에 들었다.

그날이 할머니와 마지막이었다.

그림자를 찾는 시간

로즐리

로즐리　　아이를 처음 어린이집에 보내고 가장 먼저 간 곳은 도서관이었다. 책 읽기와 생각하기, 커피 마시는 것을 좋아한다. 읽다 보니 쓰고 싶어졌고 뒤늦게 글쓰기의 세계에 입문했다. 글을 쓸 때마다 나의 최초의 근원인 가족에 대한 문제를 풀지 않고서는 진정한 글을 쓸 수 없다는 생각이 들었다. 모른 척했던 내면의 이야기를 글쓰기를 통해 하나씩 짚어 보는 중이다.

어린 시절의 나

우리 집이 망하기 전까지는 나도 여느 집 초등학생처럼 밝고 거침없는 아이였다. 시골이지만 한때는 대학생 과외선생님이 와서 공부를 가르쳐 주기도 했고, 피아노 학원도 다녔다. 짧은 기간이었지만 영어학원도 다녔다. 여기저기 다녔던 학원 생활보다 가장 기억에 남는 것은 초등학교에서 만난 선생님과의 일화다. 초등학교 3학년 때 교실을 못 찾아 한참 헤매고 들어선 교실에서 선생님은 채근보다는 왜 늦었는지 이유를 설명하게 했고, 나는 부끄러운 마음에 교실을 못 찾았다고 말하지 못하고, 오다가 동생을 만나서 늦었다고 너스레를 떨었다. 선생님은 웃으며 맞아주었고 내가 교실을 찾아 헤매느라 더러워진 실내화를 벗어 들고 들어서자, 반 아이들에게 박수를 쳐주자고 하셨다. 내가 만난 선생님들 중 가장 따뜻하고 정직하고, 올바른 교육을 하셨던 분이다.

초등학교 5학년 때도 같은 선생님이 되었는데, 나는 유독 그때 받은 상장이 많다. 공부는 물론이고 늘 밝았으며 학교에서의 생활이 너무 재미있었다.

어느 날 학교를 마치고 오니 할머니가 나물을 다듬으며 울고 있었다. 할머니는 넷째 큰아버지네 집에서 아이들도 봐주고 살림도 봐주다가 오시곤 했다. 할머니가 서울로 가는 날은 너무 슬펐고, 서울에서 전주로 돌아오는 날은 날아갈 듯 기뻤다. 큰아버지와의 갈등으로 할머니는 그동안의 노력에 대한 보상도 제대로 못 받고, 쫓겨나듯 그 집을 나오셨다. 그땐 이해할 수 없었지만 언젠가 엄마가 하는 이야기를 듣고 사건의 전말을 알았다. 어느 잔칫집에서 농담 삼아 서울에서 식모살이 하고 있다는 말을 했는데, 그 말이 큰아버지의 귀에 들어간 것이다. 그래서 식모살이 하는 것 같으면 내려가라며 할머니를 모질게 쫓아냈다.

어쨌건 나는 할머니가 더 이상 서울에 가지 않아서 정말 좋았다. 할머니가 멍 들어있는 내 몸에 안티푸라민을 발라주며 엄마를 욕하던 생각이 난다. 큰 시골 집 살림을 도맡아 하느라 힘들고 아이들은 말을 듣지 않고 가장 빠른 방법은 매를 때리는 것 이었으리라. 남동생은 어렸고 남자애였지만 너무 이쁘게 생겨 때릴 마음이 안 났는지, 항상 내가 대표로 맞곤 했다. 지금 같으면 있을 수도 없는 일이고 있어서도 안 되는 일이다. 엄마의 매질을 피할 수 있는 내 피난처였고 내 어린 시절의 대부분은 할머니의 사랑이 감싸고 있었다. 할머니가 서울에 가시기 전까지 우리집은 대가족이었다. 엄마는 갑자기 돌아가신 큰아버지의 쌍둥이 언니들도 돌봐야 했다. 동생을 낳은 지 얼마되지 않아서 일어난 일이다. 걸핏하면 드나드는 장성한 조카들의 밥까지 챙겨야 했다. 할머니는 할머니대로 밭일과 시골살림에 바빴고, 정작 어린 자식들은 매로 다스리는 것이 편했을지도 모른다. 그 큰 살림을 하면서, 큰엄마가 서울에서 자리 잡을 때까지 어린 조카들을 키워주었다.

엄마의 매질은 내가 중학생이 되자 멈췄다. 지금 생각해 보면, 엄마가 이유 없이 때린 것은 아니었다. 주로 엄마의 말을 어겼을 경우였고 엄마는 무섭게 혼냈다. 시골이었지만, 도랑 하나만 건너면 도로가 있었다. 한 번은 동네 친구가 불량식품을 먹고 있어서 하나만 달라고 친구를 따라 도로근처에 나갔다. 엄마가 도로가에 절대 가지 말라고 했지만, 도로가를 지나서 학교도 가고, 웃동네도 가고, 매일 다니는 길이라서 괜찮을 거라고 생각했나 보다. 동생이 내가 도로가에 나간 것을 엄마에게 말했고, 엄마는 눈에 보이는 모든 것을 던졌다. 독자같도…….

내 입술에는 그때의 흉터가 아직도 있다. 엄마가 나를 사랑하지 않은 것은 아니었다. 단지 그 시절에는 다 그렇게 자랐고, 후에 왜 그렇게 나를 때렸냐고 물어보니 엄마는 기억이 안 난다고 했다. 엄마가 기억조차 못 하는 그 일은 무심코 잊고 있다가 입술을 보면 되살아난다. 이젠 나만 볼 수 있는 흉터처럼 희미해진 기억은 가끔 가슴을 짓누르곤 한다.

아빠의 잘못으로 할머니의 인생의 터전이었던 시골집은 없어졌다. 할아버지가 심었다는 커다란 감나무에서 더 이상 달콤한 단감을 따먹을 수 없었다. 우리 집안의 기둥이었던 큰아버지가 돌아가신 후 할머니는 아들네 집을 여기저기 돌아다니다 아들의 손주까지 봐주며 하루도 편한 잠을 주무시지 못했다. 할머니는 얼마 후 요양원으로 들어가셨다. 차라리 요양원이 편해 보였다. 아빠는 요양원에 계신 할머니가 아프면 수술 비용까지 대느라 힘들어했다. 네 명이나 되었던 큰아버지들이 다 돌아가시고 막내아들 혼자 남았기 때문이다. 아빠 때문에 도망가지 않았다는 할머니의 이야기를 들은 적이 있다. 할아버지가 바람을 많이 피우고 때리고 힘들게 해서 도망가서 혼자 살려고 했는데, 막내인 우리 아빠의 통통한 손발이 얼마나 복스럽게 생겼던지 아빠 때문에 도망가지 못했다고 했다.

아빠는 할머니를 마지막까지 책임졌다.

굴비만 보면, 눈물이 나는 이유

친정에 가면 아침에 굴비 반찬을 먹곤 했는데, 아들은 유난히 굴비를 좋아한다. 저녁에 뭐 먹을까? 라고 물어보면 항상 굴비를 먹고 싶다고 한다. 그러면서 꼭 덧붙이는 말은 반드시 영광굴비를 먹겠다고 한다. 굴비를 구울 때면, 아빠 생각이 난다. 아빠는 굴비 반찬을 정말 좋아하셨다.

아빠는 굴비가 맛있어도, 국이 짜면 불같이 화를 냈다. 엄마의 음식이 항상 짜다고 했지만, 엄마는 달라지지 않았다. 아빠가 화를 낸 뒤에는 여기저기 뒤집어진 굴비 마냥 집안 공기도 앙상했다. 우리 집이 힘들어지면서, 아빠는 엄마가 해주는 것보다, 밖에서 사 온 우동 같은 것으로 저녁을 때우셨다. 저녁을 어쩌다 먹어도, 밤엔 꼭 라면이라도 하나 끓여드셨다. 그래도 엄마는 주말이면 최선을 다해서 아침을 차렸다. 내가 결혼을 하고 나서도 상황은 달라지지 않았다. 아빠는 엄마와 늘 다퉜고, 엄마가 차린 밥을 드시지 않는 날이 많았다. 내가 어렸을 땐 돈 때문이었고 크고 나서는 주로 음식 탓이었다.아빠는 엄마가 음식을 너무 짜게 한다고 했다. 하지만 매번 엄마는 짜게 했다. 엄마도 때론 아버지가 좋아하는 반찬을 만들기도 하고 최선을 다 하는 중이었다. 미용실에서 하루 종일 일을 하고 와서 저녁을 차리고 청소를 했다. 명절에도 대목이라며 오히려 더 일찍 출근했고 거의 쉬지 않았다.

　우리 집도 행복하던 순간이 있었다. 시골이었지만, 한 마당 안에 집이 두 개였고, 안채에는 할머니 할아버지가 살고, 바깥채엔 우리 가족이 단란하게 살았다. 동생과 안채에서 바깥채까지 누가 먼저 가는지 달리기 시합을 하며 숨이 막힐 정도로 다치기도 했지만, 뛰어놀기엔 최적의 장소였다. 운동장 같던 마당엔 시암이 있었고, 시암에서 물을 퍼서 생선도 씻고, 우리도 씻었다. 할머니는 가끔 내가 어렸을 때 시암에서 잘려져 나가는 고등어를 보며 생선이 불쌍하다며 울고 불며 난리를 떨었다고 말하곤 했다. 그 이야기를 할 때면, 할머니가 얼마나 나를 귀여워했는지, 말을 하지 않아도 알 수 있을 만큼. 할머니는 손주들을 이뻐했고, 잘 키워 주셨다. 때때로 간식을 만들어 주시고 물놀이도 데려갔다. 남동생과 나는 시골에서 이리 뛰고 저리 뛰며, 윗동네 아랫동네 조무래기들과 신나게 놀며 자랐다.

아빠가 늦게 올 때면, 아이스크림을 사 오셨다. 한겨울 밤 이불속에서 먹던 투게더 아이스크림이 얼마나 맛이 있던지……. 우리는 아이스크림을 먹고 잤다. 어느 날은 귤 한박스를 다 까먹을 정도로 우리는 잘 먹었다. 아빠가 오지 않는 날이나 새벽 늦게 오는 날이면 엄마는 외로워 보였고, 우리도 덩달아 아빠를 기다리다 잠이 들었다. 그 시절 많은 가장들이 그렇듯, 아빠는 우리와 놀아주기 보다는, 밖에서 보내는 시간이 많았고, 어쩌다 가끔 먹고 싶은 것을 사다주는 사람이었다.

이제 아버지가 돌아가신지 일년이 조금 넘었다.

괜찮은 줄만 알았다. 우리 가족도 생각해 보니 분명, 행복한 시절이 있었다. 엄마가 오랜 병수발에 지쳐갈 때쯤 아버지는 조용히 세상과 이별하셨다. 나는 미처 아버지에 대한 마음을 풀지 못했다. 나는 안다. 이제 내 마음속 끝없이 깊은 시암에서, 뚜껑을 열고, 차갑고 차가운 이야기를 퍼 올려 씻어내야 한다는 것을.

아빠도 잘 살아보려고 그랬던 거다.

　글을 쓸 때 고민이 되는 것은 나의 어두웠던 과거를 들추면, 꼭 부모님의 이야기를 해야만 한다는 것이다. 다른 사람들이 봤을 때는 성실하고 착한 사람들이 왜 그토록 가난의 굴레를 벗어나지 못했으며, 사이가 좋지 않은 부부가 왜 걸핏하면 싸우며 살았는지를 드러내야 하기 때문이다. 부모님의 치부는 곧 나의 치부이다. 꼭 치부를 드러내는 것만 같아서, 미루고 미뤘다. 언젠가 어렸을 적 엄마가 쓴 가계부를 본 적이 있다. 외숙모 금반지 두 돈, 누구누구 내복 몇 벌, 돌잔치를 하고 받은 귀한 목록들이 빼곡하게 적혀 있었다. 그렇다. 나는 엄마 아빠의 최고의 기쁨이었고, 주변 친지들의 사랑의 선물도 넘치게 받았다. 그런 내가 부모님 이야기를 한다는 것은 배은망덕한 일이다.

　혼자 보는 일기장에 적어 두고 힘껏 눈물을 쏟곤 했다. 나이가 들고 보니 우리 부모님도 억울했을 것 같다. 우리 부모님은 나쁜 사람들이 아니었다. 어렸을 때 부모님과 모악산 근처에 놀러 갔다가 배가 고파 한 식당에 들어갔다. 바지락 칼국수를 시켰는데, 해감을 안 시켰는지 달디 단 국물 뒤에 모래가 씹혔다. 모래까지 먹고 싶을 정도로 배가 고팠지만, 도저히 먹을 수 없었다. 주인에게 말을 하자 오히려 화를 냈다. 아빠는 칼국수를 다 먹지도 못하고 나오면서, 사장님도 속상할 테니 이거라도 받으라며 오 천원을 놓고 나왔다. 아빠는 그런 사람이었다. 마음이 따듯하고, 손해도 볼 줄 아는 멋있는 사람이었다.

　시골집 뒷동산 과수원에는 한쪽에 동산을 따라 아카시아 꽃이 푸짐

하게 피었다. 아카시아 꽃 향기가 진동하는 계절이면, 아빠는 아카시아 꽃을 따서 술을 만들곤 했다. 뒷동산에서 뛰어 놀다가 옆을 바라보면 파란 통을 들고 아카시아 꽃을 따던 아버지의 모습이 아직도 눈에 선하다. 몇 년 전까지도 아빠는 아카시아 꿀을 잘 만드는 곳을 찾아서, 매년 꿀을 사서 주시곤 했다. 돌아가시고 나니, 별것 아닌 기억들이 별처럼 소중해진다.

아빠는 가끔 술을 마시고, 동생과 나를 마당에 앉혀 놓고, 잔소리를 했다. 주로 아빠의 어린 시절 이야기와 공부를 못한 슬픔, 그리고 앞으로의 계획에 대한 이야기였다. 어린 나이라 이해할 순 없었지만, 지금 생각해도 꽤 지루한 이야기다. 아빠는 집을 팔아서 조그만 슈퍼를 할 것이라고 했다. 없어서 못 먹는 사탕이며 과자가 가득한 한쪽 구석을 매일 드나들 생각에 신이 났지만 약속은 지켜지지 않았다. 한때는 인테리어 사무실 명함도 집안 여기저기 돌아다녔는데 일이 제대로 되지 않는 것 같았다. 그렇게 친했던 큰 외숙모가 우리집에 찾아와 엄마에게 큰소리를 내며 아가씨가 어쩌고저쩌고 하며 고함을 치던 일이 생각난다. 그랬다. 우리집은 여기저기 돈 받아야 할 사람이 많았고, 아빠는 아예 집에 안 들어오거나 늦게 오는 날이 많아졌다.

지금 다시 생각해 보니, 이해가 된다. 아빠도 잘 살아보려고 그랬던 것이다.

그런데 왜 하필 마당이었을까?

좀 편하게 누워서 이야기를 하던가 했으면 그 기억이 그렇게 지루하진 않았을 텐데.

흔들리는 부모와 함께한다는 것은

아빠는 거의 매일 술을 마시고 들어왔고, 엄마는 늘 나에게 말했다.
"너네 아빠 술 좀 그만 마시라고 말 좀 해"
"아빠 팔짱 좀 끼고 애교 좀 부리면서 술 좀 그만 마시라고 해"
내가 망설이면 엄마는
"가시네가 왜 그렇게 주변머리가 없어!"라고 핀잔을 줬다.

그냥 아빠가 아니라 니네(너희의) 아빠였다. 엄마는 종종 너희들 때문에 안 도망가고 아빠하고 사는 것이라고 했다. 너희만 아니었으면 진작에 이혼했을 거라고 밥 먹듯이 말했다.

내 성격은 엄마가 원하는 아빠에게 살갑게 애교도 떨고 그런 성격이 아니라 난감했고 아빠가 좋았지만, 대하기가 어려웠다.

엄마는 돈이 필요하다고 하면 "너네 아빠한테 말해"라고 핀잔을 주었다. 그러면 나는 기어들어가는 목소리로 아빠에게 돈을 달라고 했다. 아빠는 엄마에게 미용실은 차려주었지만 생활비는 주지 않았다. 서로 공유하지 않는 것들이 많아지자 더 불같이 싸웠다.

내가 커가면서 엄마는 나에게 아빠 욕도 하고 할머니 욕도 했다. 엄마의 힘든 마음을 감당하기엔 나는 너무 어렸다. 나는 엄마의 화풀이 대상이기도 했고, 엄마의 감정 쓰레기통이기도 했다. 이상하게도 엄마에게 자꾸 그런 이야기를 들으면 엄마와는 좀 친해진 기분이 들었고, 엄마말만 듣고 아빠를 미워하기도 했다.

어느 날 아빠가 술을 먹고 와서 엄마와 또 싸우고 집을 나갔다. 엄마는 내게 당장 아빠를 따라가보라고 했다. 나는 어쩔 수 없이 어두운 저녁길에 흔들리며 걷는 아빠의 뒤를 따라갔다. 모래내에서 안덕원을 지나서 백자동으로 가고 있었다. 놀랍게도 우리가 살던 시골 동네였다. 족히 한시간은 걸리는 거리였다.

예전엔 내가 마음껏 뛰어놀던 동네였지만 몇 년 만에 간 곳은 나의 고향이 아니었다. 도로가 뚫리고 못 보던 건물이 생기고 아는 사람 하나 없는 곳이었다.

차들은 점점 없어졌고 암흑만 존재했다. 주위를 두리번거리며 따라가다가 그만 아빠를 잃어버리고 말았다. 띄엄띄엄 있는 시골집들 사이를 어린 중학생이 들어가 일일이 물어보기에는 너무 늦은 시간이었고, 그땐 핸드폰도 없던 시절이다.

아무리 찾아봐도 아빠를 찾을 수가 없었고, 깜깜한 밤 나는 혼자였다.

다시 돌아갈 길이 걱정스러웠다. 애써 마음을 진정시키고 중간쯤 오니 불 켜진 파출소가 보였다. 사막에서 오아시스를 만난 것처럼 꿈만 같았다. 파출소에 들어가 전화를 한통 하겠다고 부탁하고 엄마에게 전화를 했다.

경찰 아저씨는 나와 엄마의 통화를 듣고는, 아빠를 같이 찾아주겠다고 했다. 지금도 생생히 기억난다. 내가 살던 시골 동네에서 조금 떨어진 아담한 한옥 집. 엄마는 이미 알고 있다는 듯 경찰 아저씨에게 그 집으로 가자고 했다. 예쁜 신발들이 있었지만 아빠 신발은 없었다.

아빠가 엄마에게 생활비만 안준 것은 아니었나 보다.

일면식도 없는 두 모녀에게 근무시간을 내어준 경찰 아저씨의 말한마디 한마디가 따듯하게 느껴졌다.

긴장한 채 밤거리를 헤매서 그런지 다음날 등굣길이 유난히도 힘들었다.

엄마는 왜 엄마가 따라가지 않고 나를 보냈을까? 나라면 어땠을까? 지금도 이해되지 않는 일이다. 아빠가 갔을 법한 집을 단번에 지목한걸 보면, 엄마도 짐작은 했을 것 같다. 아니 정말 몰랐을까? 어린 여자아이가 가로등도 없는 시골 밤길을 헤매다 겪게 될 난감한 상황을.

흔들리는 부모와 함께 한다는 것은, 그림자조차 없는 아이로 살아가야 한다는 것과 같다. 누구에게나 그림자가 있다. 그림자는 숨겨지지 않는다. 그런데 그림자조차 숨겨야 한다. 천진난만한 감정도 슬픈 감정도 모두 없는 것처럼 숨겨야 한다는 의미다. 그런 부모에게 반항한번 하지 않고 시간의 흐름에 맡긴 채 살았다.

부모님이 싸우는 것을 보지 않게 된 건 내가 결혼을 해서 다른 지역으로 이사하고 난 후였다. 남편의 직장 때문이었지만 친정에서 먼 곳에서 살게 되었을 때 나는 처음으로 해방감을 느꼈다. 더 이상 숨죽여 살지 않아도 되니까.

할머니의 장례식에서 오랜만에 만난 서울 사는 친척오빠가 한 말이 기억에 남는다.

"난 너 진짜 잘 될 줄 알았는데. 어렸을 때 얼마나 말을 잘하고 영특했는지 아니?"나는 어렸을 때부터 서울에서 친척들이 오면, 그들이 쓰는 말투가 신기했다. 어미가 ~니로 끝나는 시골에선 쉽게 들을 수 없는 정말 교양이 넘치고 고급스러운 어투였다.

나도 그런 시절이 있었다. 맘껏 재롱을 부리고 천진난만했던 어린 시절. 너무 맑고 투명해서 보는 사람마다 귀여움을 받던 영롱한 시절. 친척오빠의 기억 저편에 남아있는 그 영롱한 아이는 없어졌다. 어쩌면 그림자조차 없는 아이처럼 숨죽여 살아야 했던 성장과정에서 그만 길을 잃고 만 것은 아닐까?

언젠가 상상해 봤다. 내가 마음껏 주목받을 수 있는 환경이었다면, 어른이 된 나는 지금과 어떻게 다를지.

분명한 건 그 친척 오빠가 상상했던 모습이 적어도 그땐 아니었다는 것이다.

아빠의 병원생활

가족은 어쩌면, 한 사람의 인생에서 가장 중요한 세계다. 가족 안에서 우리는 대부분의 감정을 경험한다. 그렇기에 가장 소중하다. 우린 함께 웃었던 날이 분명 있었고, 내가 이 세상에 존재하게 된 가장 최초의 근원이다. 그런 의미에서 가족은 서로 돕고 살아야 하는 가장 가까운 존재다. 특히 가족중의 누군가가 아플 때 가족들은 각자 고통을 분담해야 한다.

"나는 집에서, 의사없이 죽고 싶다. 죽음을 느끼고 싶다"
스콧 니어링 (1883~1983년)

죽음에 관한 지침을 마련하고 실천한 스콧 니어링처럼, 나의 아버지도 고통 없이 죽음을 미리 준비했다면 얼마나 좋았을까? 아버지는 미처 죽음을 준비할 시간이 없었다.

수술만 하면 괜찮을 줄 알았다. 우린 그렇게 가볍게 생각했다. 발가락을 절단해야 하는 수술이었지만, 상처가 깊지 않았고 의사도 흔한 당뇨병 환자를 대하듯, 수술만 하면 괜찮을 것이라고 했다. 한 달 두 달을 기다렸지만, 어쩐 일인지 회복이 되지 않았고 아빠는 점점 기력을 잃어갔다. 결국 입원이 길어지자 엄마는 일을 해야 했고 나는 아이들 곁에 있어야 했기에 요양보호사님의 도움을 받을 수밖에 없었다. 요양보호사님이 일을 잘 해 주셔서 마음이 놓였다. 요양보호사와 2교대를 해가며 엄마는 힘든 나날을 보냈다.

아버지에겐 4명의 형제가 있었다. 둘째 큰아버지는 젊은 시절 돌아가셨고, 큰아버지들 중 세명이 당뇨병으로 일찍 돌아가셨다. 우리 집안의 당뇨병은 유전이다. 큰아버지들도 모두 고통스럽게 돌아가셨다. 다들 술독이라 불릴 만큼 술을 좋아했다. 당뇨병이 유전이더라도, 정기적인 건강검진과 건강한 식습관을 유지하면 적절한 치료가 가능하지만, 아빠는 자신의 몸을 전혀 돌보지 않으셨다.

왜 아버지는 자신의 건강을 돌보지 않았을까? 삶이 너무 버거운 사람은 가장 기본적인 자기 자신에 대한 돌봄조차 사치다. 그건 아버지의 탓이 아니다.

술과 담배, 인스턴트 식품으로 수십 년을 산 것을 후회해도 소용없었다. 병원에 입원하기 전에도 치아가 좋지 않아서 틀니를 해드렸고, 여러 차례 녹내장 수술도 받았다. 비용은 고스란히 자식들의 몫이었다. 몸이 아프시고 나서는 용돈을 드려도 좋아하지 않으셨다.

요양보호사가 투입되자 수술비를 비롯해 만만치 않은 비용이 들었다. 동생과 나는 책임을 다 했다.

전화만 하면, 아빠는 힘없는 목소리로 미안하다고 했다. 그럴 때마다 남편은 고맙게도, 돈 걱정은 마시고 빨리 건강하게 퇴원하자고 아빠를 위로해 주었다.

나는 왜 그렇게 살갑게 말하지 못했을까? 자식들에게 미안한 아버지의 그 마음을 조금이라도 가볍게 해드렸으면 좋았을 텐데.

장례식장에서 위로를 받다

　살아생전 아버지가 알았던 사람들과 친척들이 하나 둘 장례식장으로 모였다. 아버지의 친구분이 이런 말씀을 하셨다.

　"괜찮아, 너희 아버지 원 없이 하고 싶은 것 다 하고 갔으니까. 괜찮다. 걱정 마라"

　젊은 시절의 아버지는 풍채가 좋고, 얼굴도 잘 생겼고 무서울 것이 없는 사람이었다. 실컷 하고 싶은 대로 다 하고 사셨다고 한다. 아빠가 하고 싶은 대로 산 만큼 엄마는 힘들었다고 했다.

　말년에는 힘든 삶 때문에 고생하셨지만, 젊은 시절 그렇게 원 없이 살았다는 아빠 친구분의 생생한 증언으로 나는 어쩐지 위로를 받는 기분이었다. 내가 느끼기에도 아빠는 젊은 시절에는 원 없이 하고 싶은 대로 하고 사셨다. 그래서 고마웠다. 장례식장에서 손님을 맞는 마음이 조금이나마 편했다. 후에 아버지에 대한 이야기를 할 때도 그런 이야기를 하면 다른 사람들도 공감해주어서 나는 웃을 수 있었다. 그런 아버지가 우리 아버지만이 아니었다.

　고운 수의를 입고 계신 아버지의 모습은 평화로웠다. 마지막 이별 인사를 하자 엄마는 그 자리에서 오열했다. 아버지의 육체가 담긴 목관이 화장터에 들어가기 전 마지막으로 목관을 만지기가 두려웠다. 이제 진짜 마지막이었다. 나는 아버지를 이대로 보내 드릴 수 있을까? 자신이 없었다. 진짜 아버지와 이별을, 할 수 있을까? 그러다 관 위로 조심히 올라온 손이 보였다. 9살 딸아이의 손이었다. 할아버지의 마지막을 그렇게 함께 하고 있었다. 아이들은 자연스럽게 할아버지와 이별을 받아들였다. 딸 덕분에 용기 내어 관위에 손을 올렸다. 그렇게 아버지를 보내드릴 수 있었다.

장례식을 마치고 엄마가 통장 두 개를 줬다. 아빠는 손주들의 이름으로 통장을 만들어 한 달에 몇 만 원씩 몇 년 전부터 예금을 하고 있었다. 꼬박꼬박 한 달에 한 번씩 같은 날짜에 아이들의 통장에 돈을 넣었던 것이다. 직접 은행 현금인출기까지 불편한 걸음으로 걸어가서 돈을 이체하는 일을 매월 하시며 아버지는 무슨 생각을 했을까? 작은 금액이지만 아빠는 손주들에 대한 사랑을 그런 정성으로 표현하고 싶었나 보다. 장례식을 마치고 나서도 문득 문득 현실이 실감나지 않았고 참았던 눈물이 폭포수처럼 쏟아졌다.

아버지가 계시지 않아도 세상은 돌아갔다. 우리는 다시 일상으로 돌아왔고 아버지를 추억했다. 아버지가 이 세상에 없어도 마치 아무 일도 없었던 듯 돌아가는 세상이 낯설었다. 다시 일상을 회복하고 별다르지 않은 시간들이 흘러갔다. 이제 꼭 2년째다.

보고 싶은 아빠에게

넥타이를 버리고 작업복을 입으신 아버지의 선택을 존경합니다. 혼자 국을 데워 밥을 먹고 얼음처럼 차가운 새벽길을 나섰던 아버지의 매일매일을 함께 짊어지지 못했던 젊은 날을 뉘우칩니다. 매일 술을 드셨던 건 아버지의 잘못이 아니라 삶의 무게 때문임을 너무 늦게 깨달았습니다. 저에게도 아버지가 사다 주신 투게더 아이스크림을 먹던 천진난만한 행복한 날이 있었습니다. 화심 순두부의 맛을 지금도 잊지 못합니다. 그런 순간들을 좋은 기억으로 남겨 주셔서 감사합니다. 잠시나마 아버지를 버거워했던 제 자신을 용서해 주세요.

지난 꿈속에 멋진 브라운 모직 코트를 입고 계신 아버지의 모습을 보았습니다. 지금 계신 곳 또한 아버지의 모습처럼 멋진 곳이겠지요. 그곳에서는 더 이상 외롭지 않기를 바랍니다.

남은 시간 엄마와의 오랜 응어리도 풀어보겠습니다.

들꽃에도 나비가 날아들 듯이 아버지의 시간도 꽃이 무르익는 날이었습니다. 아버지는 나에게 태양이었고, 아버지가 남겨 주신 추억으로 저는 글을 쓰며 다시 그림자놀이를 할 수 있었습니다. 웃음소리가 없이도 행복을 주는 꽃처럼 아버지는 저의 행복이었습니다. 매일 괴로운 삶이었으나 떠나지 않고 지켜 주어 감사합니다. 축제 같은 인생은 아니었지만 덕분에 한줄기 불꽃이라도 되었습니다. 아버지는 저에게 꽃처럼 누구보다 훌륭한 사람이었습니다.

아버지, 늦었지만 꼭 이 말을 하고 싶습니다.

당신은 가장 멋진 분이었습니다.

먼 훗날에 다시 만난다면 그때는 제가 아버지의 태양이 되어 드리겠습니다.

사랑합니다.

스투키

이시내

이시내

나의 여러 모습을 상상하기를 좋아합니다. 상상하던 순간들을 현실에서 이룰 때의 쾌감은 이루 말할 수 없지요. '이시내 작가'는 나이를 열 손가락으로 다 표현할 수 있을 때부터 상상하던 순간이었습니다. 누군가 저를 '작가님'으로 불러줄 때, 우리 아이가 처음으로 '엄마'라고 부르던 그 희열을 다시 한 번 맛볼 수 있을 지도 모르겠습니다. 오늘 제 글이, 당신의 하루에 있길 바랍니다.

정신과를 찾아야 할 자칭 글쟁이들은 늘 종이와 펜을 찾는다. 적어도 재이는 그랬다. 아니, 그럴 수밖에 없었는지도 모르겠다. 젖먹이 아이는 울었고, 동우의 직장을 따라 올라간 그 낙후된 도시에는 재이가 기댈 곳이 아무 것도 없었다. 그저 육두문자들을 일기장에 욱여 넣으며 '버티자, 버티자.' 다짐만 해야 했다.

2019년 여름, 선명한 빨간 두 줄의 테스트기. 스물 다섯의 재이는 생각했다. '인연인 사람들을 잇는다는 그 붉은 실이 이 두 줄을 말하는 건가.' 곧이어 밀려드는 감정은 애석하지만 두려움이었다.

미혼의 누나 둘을 가진 늦둥이 철없는 남자와의 결혼 살이. 재이는 선택을 해야 했다. 호르몬 탓이었을까, 그녀는 그 길을 선택하기로 했다.

재이와 동우의 첫 신혼집은 동우의 회사에서 제공되던 낡은 사택이었다. 걸어갈 수 있는 작은 카페조차 없는 후미진 동네였지만, 둘은 다른 여느 신혼부부와 다를 것 없이 행복했다. 재이의 직장 문제와 동우 회사의 사택 제공 문제로, 임신 7개월 차가 되어서야 겨우 함께 살게 되었지만, 재이는 이제라도 남편과 함께 살 수 있다는 것에 만족해

했다. 동우는 쉬는 날이면 재이와 함께 TV에 나온 맛집에 찾아가거나, 바다가 보고싶다는 재이의 말에 곧장 바다로 달려가곤 했었다. 함께하는 시간 중 동우가 실시간으로 둘의 데이트를 동우네 가족 단톡방에 알리고 있다는 게 신경쓰이기는 했지만, 재이는 '그들은 화목한 가족이다' 라고 생각하길 선택했다.

연애시절에도 동우는 모든 일을 결정함에 있어 가족과 상의를 해왔었다. 재이는 그런 그와 그의 가족이 다소 유난이라고 생각하긴 했지만, 띠동갑이 훌쩍 넘는 2명의 미혼 누나와 막둥이 동생의 가정이라면, '동생을 아끼는 마음에 그럴 수도 있겠다' 생각했었다.

하지만 그 생각을 할 수 있는 시간은 그리 길게 가지 못했다. 동우는 재이와의 신혼집에 놓을 물건 하나를 고를 때도 누나들과 어머니의 의견을 물었고, 재이와 함께 간 쇼핑에서 사고 싶은 옷이나 신발이 생기면, 재이가 화장실을 간 틈을 타 몰래 사진을 찍거나 영상통화를 하며 누나들과 어머니의 의견을 물었다. 어느 날 참다못한 재이가 동우에게 말했다.

"나한테 물어보거나, 아니면 그냥 혼자서 결정하면 안돼? 왜 꼭 그렇게 모든 걸 다 물어보고 하나하나 다 알려야 해? 오빠 나이가 몇인데 옷 하나 혼자 사는 걸 못해?"

재이의 날이 선 말이 동우의 자존심을 건드린 건지, 높은 언성이 재이에게 돌아왔다.

"여러 사람 의견 듣는 게 뭐가 틀려? 우리 가족은 늘 이렇게 해왔어! 왜 가족이랑 연락하는 거로 뭐라 그러는 건데?"

재이는 차마 '마마보이 같아서 정떨어져!'라는 말까지는 뱉을 수 없었다. 저 모습만 빼면 재이에게도, 갓난쟁이 아이에게도 최선을 다해주는 남자라고 생각했다. 그저 서서히 그가 가족의 품에서 벗어나 온전히 본인의 가정에 가장으로 충실하리라 생각하며 믿고 기다렸다.

아이가 태어난 지 두 달 즈음 되었을 무렵, 금전 문제로 어려움을 겪던 시댁이 조금이나마 형편이 나아졌는지 결혼과 출산 선물로 자동차를 바꿔주고 싶다는 연락이 왔다.

20년이 넘은 구형 벤츠를 타던 이들에게 꼭 필요한 선물이었다. 이리 저리 알아보던 동우는 가족 차량의 대명사인 현대자동차의 싼타페를 골랐고, 재이도 만족해 했다.

타고 다니던 차는 동우 아버지의 동네 마실 용으로 두기로 했고, 그러는 김에 동우네 부모님이 계시는 지역으로 새 자동차를 인계하기로 했다. 차량 검수 당일, 마트에 들러 동우네에 드릴 고기와 과일을 사서 가던 중, 동우의 어머니로부터 전화가 왔다. 집에 들러 첫째 누나를 픽업해 같이 차량 검수를 가라는 전화였다. 재이는 머리가 지끈 아파왔지만 최대한 차분하게 동우에게 물었다.

"우리 차를 검수하러 가는데 왜 첫째 언니가 같이 가야해? 난 이해가 잘 안가."

"누나가 이런 거 꼼꼼하게 잘 보니까 같이 가라는 건가 봐. 그렇게 불편하면 차라리 나랑 누나랑 둘이 다녀 올게. 그건 어때?"

"그게 말이 돼? 우리 차니까 우리가 보면 되는 거지. 도와달라고 한 적도 없는데 대체 왜 매번 이러는 거야?"

언쟁이 심해지던 중, 동우의 첫째 언니가 차의 뒷문을 열며 올라탔다.

차량 검수 내내 동우의 첫째 언니는 말이 안되는 소리만 늘어놓았다. 딜러가 직접 와서 엔진을 봐 줘야한다는 둥, 아무래도 엔진 소리가 너무 크다는 둥, 트렁크의 문이 잘 안 닫히는 것 같다는 둥 근거 없는 불만만 표출하고 있었고 동우는 대충 누나의 말이 맞다는 듯 끄덕이거나 동조만 할 뿐이었다. 두 남매가 떠드는 동안, 재이는 준비해온 차량 검수 필요 목록을 보며 하자의 유무를 살폈고, 동우의 첫째 누나에 대한 불편함을 숨기지 않으려 무표정으로 일관했다. 그 것이 재이가 할 수 있는 최대한의 분노 표출이고 동시에 동우에 대한 인내였다.

동우의 첫째 누나의 불만이 우습게도, 새 차에는 거부를 할 만한 하자가 없었고, 재이와 동우는 차량 인계증에 서명을 하고 동우의 첫째 누나를 집으로 바래다 주었다.

몇 시간 후, 임시번호판을 단 새 차에 몸을 싣고 동우와 재이 그리고 아기는 집으로 향했다. 그의 누나의 행동이 이해가 가지 않았고, 그를 방관하는 동우에게도 잔뜩 화가 나 있던 재이는 입을 꾹 다문 채 잠든 아이만 쳐다보고 있었다. 그 때, 동우가 입을 열었다.

"누나가 화가 많이 났대. 당신이 오늘 너무 예의없게 굴어서. 직접 전화한다는 걸 내가 말렸어."

재이가 의식할 새도 없이 헛웃음이 터져 나왔다.

"아니, 내가 예의 없었던 게 우선이야? 상황 자체가 말이 안된다고 생각하지 않아? 대체 우리 차량 검수에 언니가 왜 따라오는데? 그걸 왜 당신은 가만히 보고만 있냐고? 직접 전화하자 그래 그렇게 화가 나시면!"

"사실 내가 말 못한 게 있는데, 그 차 중에 일부를 누나 돈으로 냈어. 그래서 누나도 따라 간거고."

누군가 재이의 머리를 쿵하고 내려친 것 같았다.

"그거를 왜 지금 말해? 내가 필요하다고 한 적 있어? 내가 차를 사 달라고 한 적도 없고, 정 필요하면 우리가 대출받아서 사면 되는 거 아니야? 대체 왜 그러는 건데?"

"당신 댁에서 혼수 다 해 주시고, 예물도 사주시고, 생활비도 주는데 우리는 아무것도 못해줘서 눈치줬잖아 계속! 내가 왜 숨겼을 거라고 생각하는데?"

그 SUV 차량의 속이 무엇보다 서늘할 정도로 차가워지는 건 한순간이었다.

차가운 공기 속에 그 차는 약 2시간을 더 달려 집에 도착했다.

잠이 든 아기가 깰까 살며시 침대에 눕히고 나와 둘은 거실에 앉아 동우와 재이는 다시 이야기를 이어갔다.

"그 돈을 언니한테서 받은 거고, 그래서 언니가 따라왔다는 말인거지?"

"응. 근데 받은 건 아니고 빌린 거야. 이자 없이 그냥 천천히 갚으면 된대."

그의 천연덕스러운 표정이 재이의 심장을 조여왔다. 그가 '어쩜 이런 말을 저렇게 당당하게 하는지' 침착하게 생각 할 여유도 없이, 동우의 큰 누나로부터 전화가 왔다. 동우는 망설임없이 통화버튼을 눌렀다.

"어 누나, 응, 재이 바꿔 줄게."

헛웃음이 밀려 나오는 걸 꾹 참으며 재이는 전화기를 건네 받았다.

"네, 여보세요?"

"어 올케. 내가 차량 검수 따라간 게 그렇게 마음에 안 들었어? 그게 왜 니 맘대로 판단하고 맘에 든다, 안든다 할 일인지도 모르겠지만, 너 그렇게 윗사람한테 예의없게 굴라고 배웠니? 내가 그렇게 막 대해도 되는 사람이야 너한테?"

전화기를 건네 받자마자 퍼붓는 폭언에 재이는 정신줄을 부여잡으며 전화를 이어 갔다.

"네. 당연히 맘에 안 들죠. 아니 안든다기 보다요, 이해가 전혀 안 갔어요. 대체 저희 차량 검수에 언니가 왜 따라오세요? 저희가 부탁한 적이라도 있나요?"

"동생 차 사는데 누나가 가는게 뭐가 어때서? 넌 그게 그렇게 아니꼽게 보이니? 애가 왜 그렇게 꼬였어? 그리고 그 차에 내가 피같이 모은 돈이 있는데 내가 가는게 뭐가 이상한데?"

"동생 결혼 전에, 개인 차로 산거면 그럴 수 있죠. 그건 정말 제가 상관할 바가 아니니까요. 근데 이건 동생 가정에서 사용할 차고, 언니랑 아무 상관이 없잖아요. 그리고 언니 돈이 들어갔다는 거는 저도 지금 처음 들어요 동우오빠한테. 전 다 어머님 아버님이 결혼, 출산 선물로 해주시는 줄 알고 감사히 받겠다고 했던 거지 이런 거였으면 안 받았을 거예요."

"부모님이 해주시는 거랑 내가 해주는 거랑 뭐가 다른데? 너 왜 그런 생각으로 우리집에서 돈 가져갈라 그래? 우리 동우 키우는 데 돈 많이 썼어! 그렇게 돈이 가져가고 싶으면 동우 교육하는 데 들어간 돈으로 받은 셈 쳐! 그리고 너네가 돈이 없으면 형편에 맞게 싼 차나 고르지 왜 분수에도 안맞는 차를 골라? 너가 무슨 김치녀, 된장녀야?"

밀려오는 폭언에 재이는 악에 받쳤다. 대체 내가 무슨 잘못을 했길래 이런 폭언을 들어야 하나. 이 와중에 동우는 어쩜 저렇게 꿀 먹은 벙어리인 양 가만히 있는지, 재이는 도무지 이 상황이 받아들여지지가 않았다.

"제가 언제 돈 달라고 한 적 있어요? 결혼하면서 제가 뭐 받은 거 있어요? 달라 한 거 있어요? 있으면 말씀 좀 해보세요!"

"그래 뭐 받은 건 없지만! 그래서 이번에 차 가져갔잖아! ……"

그 뒤로 들리는 소리에 재이는 듣기를 포기하고 전화기를 동우에게 넘겼다. 버럭버럭 거리는 누나를 잠시 진정시키더니 전화를 끊은 동우는 재이에게 마지막 한 방을 날렸다.

"당신 원래 순한 사람이잖아. 그냥 당신이 좀 참고 넘어가면 안돼?"

K.O. 재이는 모든 상황을 뒤로 한 채, 잠든 아기 곁으로 가 밤새 숨죽여 울었다. 아니, 사실 밤새 숨죽여 울지도 못했다. 아기는 통잠을 자기 전이었고, 새벽마다 하는 수유는 재이의 몫이었다. 끝이 있기 위해서는 그 끝을 위한 시작이 필요하다. 이 날이 재이와 동우의 끝의 시작이었다.

이 날 이후, 재이는 불면증과 갑작스러운 두근거림 등의 증상을 빈

번하게 앓았다. 분명 산후우울증도 있을 거란 생각에 정신과를 찾은 재이였다. 재이의 이야기를 가만히 듣던 의사는 '불안장애'라는 진단명과 함께 다음 진료 때는 남편과 함께 상담에 와볼 것을 권유했다. 혼자 정신과에 다녀와 약을 먹으며 하루를 버티는 재이를 보며 동우는 그제서야 '미안하다'는 말을 했다. 한동안 말이 없던 재이는 의사의 권유를 동우에게 전했다. 웬일인지 동우는 흔쾌히 승낙을 했고, 다음 진료일이 찾아 왔다.

새하얀 벽, 새하얀 공기, 새하얀 가운을 입은 의사 앞으로 새파랗게 젊은 재이와 동우가 앉았다.

둘의 이야기를 한 번씩 말 없이 들어주고는 의사가 입을 열었다.

"동우씨, 결혼이라는 건 오목한 쟁반 위에 두 사람이 서서 평행을 맞춰가는 일이에요. 두 명만 올라가도 쟁반은 이리 휘청, 저리 휘청거릴텐데, 그 많은 사람들이 다 여기에 발을 걸치려고 하면 이 결혼은 절대 행복해질 수 없어요."

의사가 동우의 눈을 마주하려고 애쓰며 말했다.

동우는 많은 고민이 담긴 얼굴로 고개를 끄덕였다. 이 때 까지만 해도 재이는 동우를 믿었다. 흔쾌히 상담에 같이 가자고 한 동우가 막상 병원 문 앞에서 진료기록이 남으면 본인은 하기 싫다 하여 재이의 이름으로만 접수를 하고 들어왔음에도, 재이는 동우가 결혼 생활과 우리의 가정에 최선을 다해 줄 사람이라 굳게 믿었었다.

(1년 후)

계약직이던 동우의 계약 기간 만료가 다가오고 있었다. 새로운 직장을 구하기 위해 여기저기 이력서를 내보았지만, 서류에서부터 탈락의 고배를 마시던 동우가 재이에게 도움을 요청했다. 평소 글을 취미로 삼던 재이는 흔쾌히 동우를 도왔다. 동우의 이야기를 들으며 그럴 듯 하게 자기소개서 작성을 도왔고, 면접 스크립트도 동우에게 맞게 짜주는 등 재이는 본인의 일인 양 최선을 다해주었다. 재이가 바라던 둘이서 이뤄가는 일이 딱 이런 모양새였다.

하지만 동우는 늘 재이를 벼랑 끝으로 몰고 갔다. 동우는 재이가 성심껏 도와준 자기소개서를 누나에게 가 첨삭을 받아왔고, 재이와 동우에게 돌아오는 것은 다툼과 고성 뿐이었다. 결국 동우는 상반기 채용을 시원하게 말아먹곤 재이 몰래 취업 도움 대행사에 거금을 지불했다. 그 결과 서울에 그럴듯한 직장에 입사를 성공하긴 했다. 이 또한 혼자만의, 아니 재이만을 제외한 동우와 동우가족만의 계획이었다. 재취업이 간절했던 재이는 이제 아이를 어린이집에도 보내고, 하루 2시간쯤 친정부모님께 도움을 받으며 맞벌이를 하자며 지방으로 함께 내려갈 것을 권유했었다. 동우는 재이의 말을 듣는 듯 하면서도, 지방에는 대기업이나 이름있는 기업이 없다며 이력서 한 장 내지 않았다.

결국 재이는 아이와 둘이 친정부모님이 계시는 세종시로 이사를 했고, 동우는 서울에 원룸을 구해 주말부부 생활을 시작했다. 기차로 50분 거리의 멀지 않은 곳이었지만, 동우는 주말이 아니면 재이와 아이에게 오지 않았다. 그 동안 재이는 아이를 어린이집에 적응시키며, 재취업 준비를 했다. 아이를 어린이집에 데려다 주고 두시간, 아이를 재우고 살금살금 거실로 빠져나와 또 두시간…… 동우의 아내, 아이의 엄마가 아닌 '이재이'로 다시 세상에 나설 준비를 했다.

「축하드립니다. 기술연구원 국제협력팀 채용에 합격하셨습니다.」

아이를 등원시키고 집에 돌아오는 길에 문자가 도착했다. 불어난 몸에 터질 것 같은 지퍼를 힘껏 끌어올려 다녀온 면접들, 사회에서 자리잡아가는 친구들을 보며 마냥 부러워하던 시간들에 대한 보상인 것 같아 재이는 그 자리에 주저 앉아 펑펑 울었다.

참 오랜만에 상황을 온전하게 받아들이고 반응할 수 있던 순간이었다.

첫 출근일, 말끔한 정장차림의 재이를 본 어린이집 선생님들의 응원을 받으며 설레는 발걸음을 향한 재이였다. 퇴근 후 육출, 육퇴 후 퇴근. 말그대로 눈 코 뜰 새 없이 바쁘게 시간을 보내야했지만, 재이는 그저 '이재이씨', '이재이 매니저님', 본인의 이름 석자가 불리는 것에 마냥 행복해했다.

평소와 다를 것 없이 적당히 바쁜 오후, 동우로부터 전화가 왔다. 둘째 누나가 임신을 했다며 곧 결혼식을 올릴 것 같다는 연락이었다. 재이는 축하한다고 전해달라며, 입덧에 좋은 간식들을 몇가지 골라 동우 편으로 보냈다. 동우의 둘째 누나는 두 달 뒤로 결혼식을 예약했고, 결혼식 준비를 서둘렀다. 결혼식이 2주 앞으로 다가온 주말, 외식을 즐기고 온 재이와 동우가 아이를 재우고 거실로 나와 맥주를 한 캔씩 가져왔다.

"수고 많았어" 서로의 한 주를 위로하고, 주말을 맞이하는 둘만의

건배사였다. 맥주를 한 캔, 두 캔 마시며 한 주 동안 겪은 감정들을 공유하는 둘이었다. 세번째 캔을 꺼내러 냉장고로 걸어가는 동우를 보며 재이가 넌지시 물었다.

"오빠, 근데 우리랑 우리부모님꺼 청첩장은 언제 줄거야?"

동우가 잠시 멈칫하더니 대답했다.

"원래 가족끼리도 청첩장을 주고 받나? 그리고 혹시 장인어른, 장모님도 누나 임신해서 결혼하는 걸 아셔?"

"응. 말씀드렸지. 근데 아직도 청첩장을 못 받으셔서 축의는 어떻게 해야하나 고민 중이시길래 나도 생각하다가 지금 물어보는거야."

재이가 말했다.

"아니, 그 말씀을 왜드려? 그럼 장인어른 장모님은 우리 집을 어떻게 생각하시겠어. 다 결혼 전에 애기 생겨서 하는 집이다. 뭐 이렇게 폄하하실 거 아니야!"

술 기운인지, 평소보다 격양된 목소리로 동우가 캔을 따며 재이에게 소리쳤다. 동우의 맥주 캔에서 거품이 넘쳐 흐르듯 재이의 감정이 걷잡을 수 없이 터져나왔다.

"언니네가 나이가 적은 것도 아니고, 기반이 없는 것도 아니고, 그거 하나 안다고 당신 집을 이렇다, 저렇다, 평가하지 않아! 왜 그런 식으로 생각하는데? 그리고 당연히 알리는 게 맞는 거 아니야? 애초에 내가 아니라 당신이 말씀드렸어야지! 왜 늘 그런 피해의식을 가지고 말을 해? 그런 거 내가 들을 때마다 얼마나 힘든 줄 알아?"

한 숨에 토해내듯 모든 말을 내던진 재이에게 돌아온 것은 동우의 손이었다. '퍽' 둔탁한 소리와 함께 높고 뾰족한 '삐-'소리가 재이의 귀에서 울렸다. 재이는 곧장 핸드폰을 들어 112를 눌렀다.

10분쯤 지났을까, 경찰이 도착을 했다. 우선은 신고 접수를 원하지 않는다는 재이의 말에 경찰은 간단한 상황 정리만 해주고는 돌아갔다.

다음 날 아침, 재이는 눈을 뜨자마자 아이를 데리고 병원으로 향했다. 어제 동우의 폭력으로 고막이 찢어졌다는 의사의 소견을 들었다. 병원을 나선 재이는 아이와 이곳 저곳을 돌아다녔다. 집으로 돌아가고 싶지 않았다. 간간히 동우의 연락이 왔지만, 잠시 떨어져 있고 싶다며 저녁에 보자는 카톡을 보내곤 핸드폰을 열지 않았다. 해가 뉘엿뉘엿 저물 때쯤, 재이는 동우에게 카톡을 보냈다.

「집에서 얘기하고 싶지 않아. 집 앞 카페로 와. 다 풀고 들어가자.」

10분쯤 지났을 까, 동우가 재이와 아이의 앞에 앉았다.

꿀먹은 벙어리처럼 앉아있는 동우에게 재이는 고막이 찢어졌다는 사실, 그동안 시댁으로 인해 너무 힘들었다는 사실, 그래도 난 당신을 사랑하고 우리 가족을 사랑해서 지키고 싶다는 말들을 천천히 말해주었다. 재이의 말을 다 들은 동우는 실수였다며 사과했지만, 그 이상은 하지 않았다. 그저 이 상황이 빨리 해결되길 바라는 전형적인 회피형 인간의 면모만 보일 뿐이었다. 그렇게 어벌쩡 시간만 넘기고 동우는 다시 서울로 돌아갔다. 다시 주말부부의 평일이 시작되었다.

폭풍 같은 날들이 지나고 찾아온 주말, 아이의 낮잠 핑계로 밀린 집안일은 슬쩍 미뤄둔 동우와 재이도 잠시 눈을 붙였다. 어느새 다가온 가을 추위에 따끈하게 보일러를 틀어 놓고, 가습기 안개가 퐁퐁 올라오는 포근한 공간과 시간이었다. 한 시간쯤 지났을 때였을까, 재이의 핸드폰에 진동이 왔다. 오랜만의 단잠을 깨고 싶지 않았던 재이는 습관적으로 끄는 아침 알람처럼 감은 눈으로 능숙하게 핸드폰을 잠재웠다. 하지만 곧장 다시 오는 전화 진동소리에 재이는 약간 신경질을 내며 발신인을 확인했다.

'어머님'

동우가 전화를 받지 않아 본인의 전화로 걸었다는 생각에 잠든 동우를 깨워 전화기를 건네주었다. "엄마네?"라는 말과 함께 통화버튼을 누르자 어머님의 목소리가 새어나왔다.

"어, 엄마."

"왜 니가 전화를 받아? 재이는 뭐하고?"

"낮잠자고 있어. 왜?"

"깨워서 당장 엄마한테 전화하라고 해."

'또다.' 재이는 생각했다. 뭔가 또 엄청난 일이 생길 것 같다는 직감이 들었다. 애써 모르는 척 잠을 더 청하려고 했지만 동우는 한 치의 망설임도 없이 '엄마가 전화 하래.'라며 재이를 깨웠다.

한숨을 푹 내쉰 재이가 아이의 머리를 한 번 쓰다듬고는 핸드폰을 챙겨 거실로 나갔다.

두 번쯤 신호음이 울렸을까, 비수를 한가득 담은 목소리가 날아왔다.

"어, 일어났니? 얘, 너는 부모가 없니?"

첫 방부터 아주 강렬했다. 재이가 허탈하게 웃으며 그게 무슨 말씀이냐고 묻자, 동우의 어머니가 기다렸다는 듯 말을 하고 싶은 대로 내뱉었다.

"너네 크게 싸웠다매! 그렇게 크게 싸우고 경찰이 오갔으면, 부모님들한테 상황 설명을 하고 보고를 해야지! 니들끼리만 화해했다고 웃으면서 살면 다니? 부모님들은 병풍이야?"

싸운 걸 알린 적 없었다. 분명, 경찰이 오가고, 재이가 폭행 진단서를 뗐다는 사실에 혼자 감당을 할 수 없었던 동우가 지레 겁을 먹고 가족들에게 S.O.S.를 친 것이 분명했다. 재이는 이전처럼 감정적으로 대꾸하지 않았다. 그저 우리의 일을 왜 부모님들께 보고해야하는 지 이해할 수 없다는 말과 함께, 우리가 사는 일이니 우리가 해결했으면 됐다고 생각한다고 대답했다.

동우의 어머니는 그간 성에 차지 않는게 하나 둘이 아니었던지, 이야기를 마무리하기도 전에 새로운 불만을 토로했다.

"그리고 너가 우리 둘째 결혼식을 왜 오려고 해? 난 너 며느리라고 생각한 적 없어! 니가 그냥 어디서 애 배 온 처녀지! 결혼식도 안올린 주제에 무슨 자격으로 니가 우리 가족 결혼식에 올려 그래?"

평소 허황된 결혼식에 돈을 쓸 바엔 기부를 하자는 생각을 가지고 있던 재이가 동우와의 상의 끝에 결정한 일이었다. 임신으로 불어난 몸에 웨딩드레스를 입고 싶지 않았고, 나중이라도 혹시 본인들이 원하면, 그 때가서 해도 늦지 않는다고 생각해 미뤄두고 있던 일종의 '행사'일뿐이었다.

동우의 어머니가 처음부터 지금까지 참 아무 말이나 막하는 사람이라는 건 알았던 재이도 이번에는 꽤나 큰 상처를 받았다. 더군다나 그 둘째조차 임신을 해서 결혼하는 와중에 저런 말을 한다는 것에 재이는 '이 사람을 죽을 때까지 이해할 수 없겠다'고 생각했다. 쏟아지는 폭언들을 듣던 재이가 입을 떼고 말했다.

"네, 지금까지 절 며느리로 생각하신 적 없으시다고요. 그럼 저 안 갈게요. 부모님한테도 똑같이 전할거고 아이도 안 보낼게요."

"애기는 왜 안보내? 너 걔가 이씨인줄알아? 걔는 박씨야! 뭘 좀 제대로 알고나 말해!"

"제 아들이고요, 제가 알아서 하겠습니다."

"니한테만 아들이야? 50%는 동우 아들이야!"

"네, 그럼 저희가 이야기하고 결정할게요."

차오르는 분을 못이기는 숨소리가 더욱 거칠게 들려 오기 시작했다. 지금 당장 너네가 결혼식을 하겠다고 말하면, 지금이라도 한복 하나 맞춰서 자리에 앉혀주겠다는 둥, 어른이 말하는 데 꼬박꼬박 말대답을 한다는 둥, 난 너한테 잘해주려 동우 누나들한테 비밀로 해가며 선물도 사줬다는 둥, 1시간동안 동우 어머니의 하소연이 들려왔다. 재이는 1시간 동안 언어 폭력에 시달렸을 뿐이었다.

전화를 끊은 재이가 동우에게 말했다.

"나랑 계속 살고 싶어?"

동우는 또 발끈했다. 겁이 많은 동우가 늘 쓰는 방어기제라는 걸 이제 아는 재이였지만, 폭행의 피해자는 어쩔 수 없이 움찔하게 되는 것이 현실이었다.

"왜 그런 말을 하는데? 우리엄마 때문에? 우리엄마가 말이 좀 쎄긴 했어도, 당신도 잘한 거 하나 없잖아! 그냥 말하면 듣고만 있으면 되지 왜 그렇게 화를 돋궈? 당신이 대드니까 우리엄마가 말을 그렇게 하는거 아니야!"

동우의 큰 목소리는 소리만큼 큰 힘을 가지지 못했다. 잠시 정적을 가지던 재이가 재차 물었다.

"나랑 계속 살고 싶어?"

동우도 뭔가 다른 낌새가 느껴졌는지 움찔거리며 '응…….' 이라고 대답했다.

"오빠, 오빠가 가족이랑 연을 끊었으면 좋겠어. 그게 내 솔직한 바람이야. 근데 그거 못할 거 너무 잘 알아. 그러니까 부탁인데, 내가 오빠네 가족이랑 엮이지만 않게 해줘. 전화도 안받을 거고, 명절에도 안 갈거야. 나 지금까지 너무 힘들었고, 계속 이러면 더 이상 오빠랑 못 살 것 같아. 난 오빠 사랑하거든? 근데 이 일이 계속 생기는 거면 난 오빠랑 더는 못살 것 같아."

재이는 말을 뱉어 내며 '아마 시간이 좀 필요하다 하겠지? 그게 오래 걸리지는 않았으면 좋겠다.'고 생각했다. 하지만 재이의 말을 들은 동우는 말했다.

"그냥 좀 평범하게 살면 안돼?"

재이는 아무 것도 할 수가 없었다. 곤히 단잠을 재워준 가습기의 물이 다 떨어져 가는지 '퓨식, 퓨식' 소리를 내며 재이의 마음을 대변해

주었다. 더 이상 무언가를 할 수 없던 재이는. '그냥 대화를 끝내고 잠시 시간을 가져야겠다.'고 생각했다.

"나중에 얘기하자. 힘들다. 오빠는 우리 부모님한테 말해. 누나 결혼식 오시지 말라고. 그거 전하는 건 오빠 몫이야."

잠시 망설이던 동우가 알겠다고 대답했다. 지금 당장은 조금 어려우니, 월요일 점심시간에 통화를 드리겠다고 덧붙였다. 재이는 그저 고개를 끄덕였다. 주말이 가는 동안 부부의 대화는 없었다. 오직 아이와의 대화, 아이를 위한 밥상, 아이를 위한 시간들 뿐이었다.

살얼음판 같던 주말이 지나고, 월요일이 되었다.

이야기를 전해들은 부모님께서 너무 놀라실까, 동우의 전화 전에 미리 연락을 드리려던 재이의 핸드폰에 재이의 언니로부터 전화가 걸려왔다. 갑자기 무슨 일이지 싶어 서둘러 전화를 받았다.

"재이야 너네 무슨 일 있었어?" 재이의 언니가 말했다. 미처 대답할 새도 없이 재이의 언니가 말을 이어갔다.

"동우 첫째누나가 엄마한테 전화를 했나 봐. 결혼식 오지말라는 말로 시작해서 뭐 다른 얘기들까지 한 거 같은데 엄마가 상태가 좀 안좋아. '무슨 얘기를 했는지 기억이 제대로 안난다'고 울면서 전화가왔길래, 놀라서 엄마네로 왔는데, 멍하게 앉아만 있고 너가 직장 다니는 것도, 집이 어디인지도 아무것도 기억을 못해. 일단 아빠 지금 바로 퇴근하고 오라고 부르긴 했는데, 너가 동우한테 전화해서 상황 파악 좀 해봐. 우리는 바로 병원 가봐야 할 것 같아."

동우의 첫째누나. 매순간 차분하게 해결하려 했던 재이의 얼굴에 붉은 열이 삽시간에 달아올랐다.차오르는 거센 숨을 참지못하고 헉 헉 거리며 사무실에서 빠져나온 재이가 동우에게 카톡을 했다.

「당신 첫째 누나가 우리 엄마한테 전화해서 뭐라했는 지 모르겠는 데 우리엄마 지금 충격 받고 거의 쓰러지셨어. 이 상황 당신이 해결 해. 당장 가서 당신네 언니가 뭐라했는지 알아와.」

「알아와? 너 나한테 명령하냐 지금? 그렇게 궁금하면 니가 직접 물 어봐. 내가 니 아랫사람이야? 그리고 내가 한 일도 아닌 걸 왜 나보고 해결하래? 진짜 말 조심해라 너.」

「나 진짜 더 이상은 당신이고 당신 가족이고 못 버티겠다. 그만하 자.」

「어.」

짧은 그의 회피를 끝으로 재이와 동우는 대화를 이어가지 않았다.

퇴근 후 곧장 재이는 엄마의 집으로 달려갔다. 재이의 언니가 어린 이집에 들러 하원시켜 온 아이가 뽀로로를 보며 웃고 있었고, 모두의 얼굴이 창백하게 굳어있었다.

병원을 다녀온 후 조금 안정을 찾은 듯 해 보이는 엄마께 재이가 괜 찮냐 물었지만, 재이의 엄마는 조금 고개를 끄덕일 뿐, 금새 수면제로 보이는 약 한 알을 꿀떡 삼키고는 방으로 들어갔다. 급한 대로 저녁을 차리고 아이를 먹이며 재이가 상황들을 설명했다. 재이의 아빠도, 재 이의 언니도 묵묵히 들어주곤 하나의 질문만 던져주었다.

"재이야, 계속 동우랑 살고 싶니?"

잠시 고민하던 재이가 말했다.

"사실 모르겠어. 마음 같아서는 그냥 이대로 끝내버리고 싶은데, 내가 너무 감정적인 상태에서 뭔가를 결정하고 싶지는 않아. 난 그냥 이혼이지만, 우리 애는 아빠가 없어지는 건데 지금 바로 결정하기에는 내가 너무 가볍게 생각할 수 없는 것 같아."

가만히 들어주던 재이의 가족들은 '네 생각이 맞는 것 같다.'며 우선은 시간을 좀 두고 지켜보는게 좋겠다며 재이를 위로해주었다. 아이가 피곤해하는 기색을 비치자 재이는 적당히 저녁상을 치워두고 아이와 함께 집으로 향했다. 퇴근하고 돌아왔을 동우에게 어떤 표정을 지어야 할 지, 어떤 이야기를 해야할 지 대책이 하나도 서지 않는 재이였다.

도어락 비밀번호를 누르고 집으로 들어섰다. 신발장에 신을 가지런히 벗어두고 아이의 외투를 벗겨 옷 방의 불을 켠 순간 재이의 머릿속이 방보다 더 새하얘졌다. 동우는 대충 짐을 싸서 나가버렸다. 재이의 명의로 구매한 그 지독한 차의 모든 키, 예물로 선물한 롤렉스 시계, 명품 가방 등 비싼 물건은 죄다 가져간 동우였다. 주저앉아 통곡하고 소리를 내지르고 싶었지만, 재이는 아이를 씻기고, 옷을 갈아 입히고, 아무일 없는 척 품에 안아 재워야 했다. 재이에게는 본인의 상황을 충분히 겪을 여유도 없었다.

까만 방에서 아이를 재우고 나온 재이는 차분하게 도어락 비밀번호를 바꾸고, 아파트 공동 현관 비밀번호를 바꿨다.

다음날 아침, 어린이집에 아이를 등원시키면서 눈치도 없이 차오르는 눈물을 꾹 참으며 부탁을 했다. 대략의 상황 설명과 함께 아이의 아빠가 혹여 데리고 가려고 하면 제발 보내지 말아달라 부탁했다. 그 어린 얼굴을 하고 이런 부탁을 하는 재이를 바라보며 어린이집 선생님들은 참 가련한 눈빛을 보내주었다. 모성애와 동정 그 어딘가에 자리한 눈빛이었다.

그렇게 조마조마한 마음으로 며칠을 보냈을까, 회의 중이던 재이의 전화기에 진동이 왔다.

'어머님' 재이는 종료버튼을 눌렀지만 계속해서 전화가 밀려왔다.

급하게 핸드폰을 열어 '회의 중이라 연락 못받습니다.' 문자를 보냈다. 답장이 왔다.

「집 비밀번호 찍어라.

　지금 집 문 앞에 와 있으니까 비밀번호 찍으라고.」

「동우오빠 짐 다 챙겨 나간 거로 압니다. 어머님께 저희 집 비밀번호 알려드릴 이유 없고요.」

「그래? 덜 가져간 짐이 있다는 데도 안 열어 준다니 안되겠다. 열쇠 아저씨 부르마.」

「전 안된다고 말씀드렸습니다.」

「넌 안되지만, 동우는 되거든. 여기 동우네 집도 되거든.」

재이는 엄마의 간호로 재택근무를 하던 아빠께 전화를 걸어 도움을 요청했고, 재이의 아빠는 급하게 재이의 집으로 갔지만, 이미 도어락은 뜯겨 있었다. 분주한 집 안, 동우와 동우의 어머니는 필요한 물건들만 쏙쏙 골라가고 있었다.

재이의 아빠는 동우의 어머니에게, '어른들이 애들 싸움을 더 부추

기면 어떡하냐' 다그쳤지만, 동우의 어머니는 고개를 내저으며 소리쳤다.

"얘네는 이미 끝난 사이에요. 더 살아 봤자 답이 없어요. 우리 딸들이 며느리 그렇게 길들이는 거 아니라고 해도 난 끝까지 재이 예뻐하려고 했어요. 근데 쟤가 저렇게 영악하니 어떻게 이쁘게 받아 들여지겠어요? 가족들 사이나 갈라놓으려고 하고…… 난 내 아들 지켜야 겠어요!"

"아니, 애들이 이야기를 하게 시간을 주셔야지요! 그게 어른들이 할 일이지 않습니까!"

"아니요! 우리는 가족 회의로 결정했어요! 동우랑 재이는 이혼하기로 했습니다. 동우는 재이한테 이제 사랑하는 마음 조금도 없다더라고요!"

퇴근 후 급하게 집으로 돌아 온 재이였지만, 동우와 동우의 어머니는 그런 재이를 뒤로 한 채, 짐을 싣고 집을 나섰다.

(1년 후)

너무나도 당당하게 친권을 요구하던 동우로 인해 협의이혼은 무산되었고, 소송을 통해 재이가 양육권과 친권, 위자료를 가져올 수 있었다. 동우에게 남은 것은 한달에 두 번 주어지는 면접교섭권이었다. 동우는 부당하다며 양육비를 지원하지 않았고, 재이는 이 상황이 놀랍지도 않다는 생각과 동시에 동우와의 지독한 인연을 끝낼 수 있음에 감사해했다.

이혼을 무사히 마친 재이는 회사에 사직원을 제출했다. 그리고는 곧장 동우네로부터 받은 위자료를 가지고 아이의 손을 잡고 비행기에 올랐다. 긴 시간을 버틸 수 있게 해 준 아이와 하루 종일 잔디밭에서 뛰어놀고, 언제라도 바다로 달려갈 수 있는 곳으로 한 달간 숙소를 예약했다.

'617', 예약한 숙소의 문 앞에 도착했다. 아무도 없는 걸 너무도 잘 알지만, 괜히 한 번 문을 두드렸다.

'똑똑'

나무 기둥의 쌉사름한 냄새와 미리 뿌려둔 레몬그라스 향이 비행으로 지친 재이를 한 숨에 위로했다. 간단히 짐을 풀고, 아이가 좋아하는 짜장 라면에 양파를 잔뜩 썰어 넣어 먹었다. 낯선 곳임에도 피곤했는지 곤히 잠든 아이의 이불을 다시 여며주고 부엌으로 걸어 나온 재이는 노트북을 열었다. 자동 저장 되어있던 지저분한 파일들을 모두 지우고, 새 문서를 연 재이는 차분하게 그 간의 일을 써 내려갔다. 한 달의 밤 동안 글 속에서 재이는 동우가 되고, 동우의 가족들이 되고, 재이의 가족들이 되었다.

한 달의 여행을 마친 재이는 레몬그라스 향을 가득 머금은 글들을 정리해 드라마 시나리오 공모전에 제출했다. 참 무언가를 하지 않고는 못 견디는 재이다운 행동이었다.

몇 주 후, 여느 때와 같이 아이를 어린이집에 등원시키고 집으로 돌아오던 길, 문자가 한 통 도착했다.

「축하드립니다! *LSN드라마 공모전 시나리오에 당선되셨습니다.* 아래에 안내해드리는 일정에 맞추어, 당선 소감과 함께 첨부 파일을

작성하신 후 회신 부탁드립니다. 다시 한 번 당선을 축하드립니다!」

기쁨에 찬 숨소리, 기쁨으로 가득 올라오는 열기를 가지고 집으로 돌아온 재이는 노트북을 열어 그간 간직해왔던 말들을 차분히 써내려갔다.

-필명 : 617

-당선 소감 :

『"이래서 이 세상에 돌로 버려지면 어쩌나 두려워하면서, 이래서 이 세상에 꽃으로 피었으면 꿈도 꾸면서" (신경림 | 돌 하나, 꽃 한 송이 中)

두려움과 욕망 그 사이에 인생이 있다고 합니다. 둘 사이에서 아슬아슬 줄도 타보고, 한 쪽 그리고 또 다른 한 쪽으로 깊숙하게 쏠려 보기도 하면서 인생의 묘미를 맛보라는 게 저 하늘 위 누군가의 뜻이겠습니다.

당신의 오늘이 구렸어도 어쩌겠습니까! 이미 지나간 것, 어찌됐든 인생은 프레임 속에서 최소의 안전은 보장해주고 있는 것 같으니 묘미를 즐겨보는 수밖에요!

오늘은 잘 어르고 달래서 보내주고,

내일은 걱정을 앞서는 기대로 즐기시길!

-617, 이재이 드림.

책과 나, 책과 여행

구미화

구미화   KOO

4차산업혁명 시대에 미래교육과 IT비즈니스를 연구하고 가르치며 살고 있습니다. 어린시절 선생님은 되고 싶지 않았는데, 어쩌다 교육학을 전공하고 교수가 되었습니다. 인생의 어느 한때, 한 시절은 제법 멋지게 살 수 있지만, 평생을 잘 살기는 불가능합니다. 자기주도적 인생을 개척하기 위해 쉬운 글쓰기, 재미있는 글쓰기를 실천하고 있습니다.

email : ired@nate.com

지금까지 여러 도시 곳곳의 서점을 가보았다.

　도시의 상징적인 관광명소도 좋지만, 내게 서점방문은 여행 일정의 필수코스가 되었습니다. 책을 좋아하기 때문이기도 하고, 서점은 나에게 그 도시를 이해하는 중요한 소재이기도 합니다. 사람마다 타인을 이해하는 방법이 있겠지만, 나는 그 사람이 읽고 있는 책, 그의 책장, 그의 서재를 통해 취향을 추측하곤 합니다. 이처럼 나에겐 그 나라와 도시를 이해하는 중요한 소재가 서점이 되었습니다. "참 별난 취미시군요."라고 말할지도 모르겠지만, 나름의 여행 철학이 되어 버렸으니 어쩔 수 없습니다.

　데비 텅의 『딱 하나만 선택하라면, 책』에서 책을 읽는 이유가 "새로운 것을 배울 수 있으니까, 아이디어와 영감을 주니까, 즐겁고 행복하니까, 그리고 무엇보다도 현실에서 도망칠 수 있으니까"라고 했습니다. 이 말에 조금은 충격을 받았습니다. 책을 읽는 것이 즐겁고 행복하고 아이디어와 영감을 주는 것 이상의 현실 도피라는 말이 내게 책은 정말 그런 의미였는지 모른다는 격한 공감이 되었기 때문이죠. 왜냐하면 많은 책을 읽었고, 아직 다 읽지도 못한 수십 권의 책이 책장을 가득 채우고 있는데, 이 책들이 내 인생에 어떤 결과를 만들어 냈는지 의심이 들었기 때문입니다. 책을 많이 읽으면 글도 잘 쓰고 공부도 잘할 줄 알지만, 나는 글을 잘 쓰지도 못하고 공부도 잘하지 못했습니다. 내 책들은 2004년 상영된 재난영화 《투모로우》처럼 급격한 기후변화로 인한 빙하기의 습격으로 도서관의 책들을 태우며 추위를 견디는 순간에나 효용가치가 생기는 건 아니겠지요?

어쩌다 보니 책

미니멀라이프라는 단어를 좋아하고, 딱히 물건을 모으는 데 취미가 있는 것도 아닌데, 어쩌다 보니 수천 권의 책이 모였습니다. '모았다'보다 '모였다'가 더 정확한 표현이지 싶네요. 의도한 것은 아닌데, 유일하게 버리지 못한 것이 책이 되었습니다. 나는 책 읽기를 좋아하는 것일까? 책 수집을 좋아하는 것일까? 가끔은 스스로 의문이 들기도 합니다. 난감한 일이지만 뭐 중독 같은 것이랄까… 책 중독. 가끔은 무슨 책을 샀는지 잊어버리고 산 책을 또 사기도 합니다. 책장 속에 같은 책이 여러 권 있는 이유이기도 합니다.

책을 읽다 '이 작가 너무 좋은데'라는 생각이 들면, 한동안은 그 작가의 책만 골라 읽는 습관이 있습니다. 대학 시절은 독일 문학에 푹 빠져 독어독문학을 부전공으로 선택하는 어려움을 자처했으니 지금 생각하면 참 어리석었다 싶습니다. 그 시간에 교직을 이수했으면 교사자격증이라도 받았을 텐데, 졸업 후 취업에는 하나도 도움이 되지 않는 타전공 수업을 꾸역꾸역 들었으니 학점도 좋지 못했습니다. 그러나 그 시절은 물론이거니와 지금도 여전히 괴테, 헤르만 헤세, 귄터 그라스, 프란츠 카프카, 미하엘 엔데… 그 이름만으로도 마구 가슴이 뜁니다. 아마 다시 그 시절로 되돌아간다고 해도 같은 선택을 했을 것 같습니다.

미하엘 엔데의 『모모』는 누군가에게 건네는 선물 1호가 되었습니다. 고마운 누군가에게 작은 선물을 하고 싶을 때, 오랜만에 만나는 친구, 학교의 은사 등 '어떤 선물을 준비하지?'라는 고민이 될 때는 일단 『모모』입니다. 『모모』를 처음 만난 날 밤을 새워 읽었고, 같은 책을 10권도 넘게 샀습니다. 책 읽기 동호회 하시나 봐요? 라는 서점 점원의 질문에 미소로만 답합니다. 나는 그때 아이를 처음 키우는 초보 엄마였고, 육아를 넘어 교육학을 막 새롭게 공부하던 시기였습니다. 세상을 향해 하고 싶은 많은 말들이 책 속에 담겨있었고, 나는 『모모』를 통해 그 말들을 전하고 싶었습니다.

모모는 거북에게 말했다.
"부탁이야, 좀 더 빨리 걸으면 안 될까?"

거북은 대답했다.

"느리게 갈수록 더 빠른 거야."

일본여행과 키노쿠니야 서점

[출처: 기노쿠니야 서점 홈페이지 https://corp.kinokuniya.co.jp/business/outlets-2/]

우리나라의 유명 서점이 교보문고라면 일본에는 기노쿠니야 서점이 있습니다. 기노쿠니야 서점은 1927년 신주쿠에 설립되어 전국에 지점이 있는 일본의 대형 서점 브랜드입니다. 일본 여행 중 서점을 들러야 했던, 가장 큰 이유는 내가 가장 좋아하는 작가가 '무라카미 하루키'이기 때문입니다. 역시 기노쿠니야 서점에는 하루키 특별 코너가 있었습니다. 일본에서 하루키의 책을 만난다는 것은 하루키를 직접 만난 것 같은 설렘과 반가움이었답니다. 익숙한 표지의 하루키 책을 집어 들고 음 이건 『ノルウェイの森 (노르웨이의 숲)』이군, 이건 『1973年のピンボール (1973년의 핀볼)』, 이건 『태엽 감는 새 (ねじま

き鳥クロニクル)』… 낯선 누군가가 본다면 꽤 일본어를 잘하는 줄 알 것입니다. 하지만 아쉽게도 일본어라고는 고등학교 때 제2외국어로 배운 게 전부라는 사실.

무라카미 하루키, 히가시노 게이고, 나쓰메 소세키, 다자이 오사무, 무라카미 류 그리고 미야자키 하야오의 애니메이션의 열광적인 팬인 데 일본어를 전혀 할 줄 모른다는 것이 지금 보니 신기하기도 하네요. 누군가를 좋아하면 그 사람을 더 잘 알고 싶고 닮고 싶은 것 아닌가? 한류열풍으로 한국어를 배우려는 외국인들이 많다는데 나는 역시 유행과는 거리가 먼 사람인가 봅니다.

[출처: 교보문고]

하루키의 대표작으로서 2009년에는 한국인이 가장 좋아하는 일본 소설로 뽑히기도 했고, 2010년 영화로도 제작된 《노르웨이의 숲》(일 본어: ノルウェイの森)의 일본판, 미국판, 한국판 표지입니다. 왜 같 은 표지의 디자인을 사용하지 않는 것인지? 작가가 책을 출판할 때

선택한 표지도 책의 내용만큼 작가의 의도를 담고 있을 텐데 말입니다. 만약 내 책이 해외로 번역되어 출간된다면(꿈같은 얘기지만), 표지 디자인은 절대 바뀌지 말아 주세요! 라고 말하고 싶습니다. 물론 문화적 차이와 마케팅 등의 다양한 이유가 있겠지만…

일본에서 느낀 점을 한 단어로 표현하면 '정갈함'이었습니다. 일본에서 가장 유동 인구가 많다는 도쿄, 그중에서도 3대 부도심이라는 신주쿠, 시부야, 이케부쿠로 어디를 가도 쓰레기 없는 깨끗하고 정리 정돈이 잘된 깔끔한 모습이었습니다. 이 느낌은 백화점에서도 서점에서도 느낄 수 있었답니다. 8층 전체를 서점으로 사용하는 기노쿠니야 서점은 대형서점답게 문화예술은 물론이고 잡지, 만화, 그림책, 경제 등의 다양한 장르의 서적과 문구류도 함께 둘러볼 수 있었는데 그 정갈함이 서점에도 묻어났습니다.

중국출장과 신화서점(新华书店)

[출처: 신화서점 홈페이지 http://www.gzsxhsd.com/col.jsp?id=108]

중국 광저우에 장기간의 출장을 가게 된 적이 있습니다. 광저우는 중국 광둥성의 성도(省都)이자 화난 지방 최대의 무역도시입니다. 우리나라 패션 의류는 거의 다 광저우 도매시장에서 나온다고 합니다. 나와 일행들의 시장조사와 거래처를 찾기 위한 분주한 일정은 여러 날 계속되었습니다. 새벽부터 늦은 저녁까지의 고단한 일정을 마치고, 한국으로 돌아가기 전 이틀 정도 쇼핑, 관광 등 개인 시간을 갖기로 했습니다. 나는 이날 티위시루역(体育西路站) 티엔허청(天河城) 맞은편에 있는 신화서점(新华书店) 다녀오겠다고 했습니다. 신화서점이 광저우에서 제일 큰 서점이라고 해서였답니다. 타국의 마지막 날을 서점에서 보내고 싶다는 것이 흔치 않은 일이겠지만, 저마다의 취향이니 존중해 주길 바랍니다.

신화서점은 총 8층 건물로 1층부터 6층까지가 서점이었습니다. 6층에는 중국공산당 톈허루 상권위원회와 广州高地文化空间라는 책을 빌려보는 곳이 있고, 한편에는 서화 교육을 하는 곳도 있었습니다. 5층부터는 종류별 책을 판매하는 서가들, 4층은 전부가 아동 관련이었습니다. 6층 공산당 관련만 빼고는 특별한 것은 없는 서점이고, 책값은 정말 쌌습니다. 우리나라 2~3만 원대의 양장본을 1만 원 내외에서 살 수 있었습니다.

여기서 다시 내 이상한 취향을 얘기하지 않을 수 없습니다. 내가 영화, 드라마를 고르는 기준은 절대 한국어가 아닐 것! 현실과 닮지 않을 것! 그러다 보니 좋아하는 장르는 판타지. 주로 미국, 중국, 일본의 영화와 드라마입니다. 내 일상과 닿아 있는 한국인 얼굴, 한국말이 나오지 않는 영화, 드라마, 애니메이션을 주로 봅니다. 온종일 씨름한 한국인과 한국어를 잠시 잊고 현실의 장면에서 잠시 벗어나고 싶은 것입니다. 이상한 취미를 가지셨군요? 할지 모르겠지만, 이건 내 취향이자 취미이니 존중해 주길 바랍니다.

일반적으로 언어 습득은 듣기, 말하기, 읽기, 쓰기의 순서로 이루어진다고 합니다. 외국어를 알아듣고, 몇 마디 일상적인 대화가 가능해졌다고 해도, 책을 읽어낸다는 것은 고차원적인 능력입니다. 감사합니다(谢谢, Xièxiè, 씨에씨에), 죄송합니다(对不起. Duìbùqǐ, 뚜이부치), 괜찮아요(没关系, Méiguānxì, 메이꽌시)... 나에게 중국어는 참 매력적인 언어인데, 꼬불꼬불 한자가 문제입니다. 아, 보기만 해도 머리가 아픕니다. 이래서야 중국어를 배우겠는가 싶겠지만, 그냥 재미있게 중국 영화, 드라마를 보고 중국 친구들과 대화하는 것에 만족해도 좋지 않을까요?

신화서점 4층 아동 코너에서 표지와 그림이 예쁜 동화책을 몇 권 샀습니다. 함께 간 동료가 묻습니다. 읽을 수 있나요? 그림으로 보면 돼요. 언젠가 중국어를 잘하게 된다면 그때 보려고요. 라고 말하고 사온 책이 아직도 책장 속에서 빛을 보지 못하고 있습니다. 그래도 좋네요. 아, 그때 중국에 갔었지. 신화서점은 그랬었지. 광저우의 겨울은 한국보다 따뜻했고, 비가 자주 왔었지… 라는 추억을 떠올릴 수 있어 좋답니다.

미국 여행과 반즈앤노블(Barnes&Noble)

[출처: 반즈앤노블 홈페이지 https://stores.barnesandnoble.com/store/2089]

여행에서 빼놓을 수 없는 코스 쇼핑! 반짝이는 GROVE 탑과 극장, 몰 사이를 다니는 예쁜 전차, 다양한 복합상가 상점들. 그러나 가장 반가웠던 것은 바로 서점. 반스 앤드 노블 Barnes & Noble이었습니다. 쇼핑몰 안에 있는 서점 치고는 제법 컸답니다. 층별 다양한 서적들이 판매 중이었지만 아이들과 함께한 터라 KIDS 층으로 올라갔습니다. 한국에서 구매했던 번역서들을 미국에서 원서로 만났을 때 반가움은 타국에서 그 나라의 작가를 만난 듯한 반가움이었습니다. 마음 같아서는 다 사고 싶었지만, 책은 몇 권만 골라도 무거워지니 아이가 고른 몇 권의 책과 캐릭터 인형을 함께 구매했습니다. 어른 책까지 고를 만큼의 시간도 부족했고, 영어책을 편하게 읽을 만큼의 영어 실력도 안 되는 터라 아동도서에 만족하고 돌아섰습니다. 언젠가는 영어책을 술술 읽고, 미국 친구들과도 거침없이 대화할 수 있는 날이 오기를 소망하며!

미국 국토 면적은 한국 면적의 대략 98배 정도 넓다고 합니다. 넓은 대지의 크기만큼 모든 것이 크고 넓었습니다. 반즈앤드노블 서점은 미국의 넓은 대지를 닮아 큼직한 규모의 세련된 디자인에 다양한 책들이 많아서 좋았습니다. 무엇보다 아이들을 위한 스토리텔링 섹션에는 이야기책과 관련된 장난감, 봉제 인형들이 "나를 데려가 줘요" 하고 말을 거는 듯했습니다. 우리 아이들이 어렸을 적에는 토이북을 활용해서 동화책을 읽어주거나, 토이저러스(세계적인 장난감 체인점)에서 바다 동물, 공룡, 육지 동물 피겨를 닥치는 대로 사서 책 읽기의 즐거움을 더해주려 했습니다. 반즈앤드노블의 아동도서 코너는 아직은 어렸던 아이들에게 더없이 좋은 놀이터였습니다. 그날 사온 『겨울왕국』의 눈사람 요전 '올라프'와 크리스토프의 순록 '스벤' 인형은 크리스마스 장식품이 됐습니다. 올라프와 스벤을 보며 그때 우리는 미국에 갔었지, '넌 그때 작고 귀여운 아이였단다'라고 추억을 떠올립니다.

한국의 동네 서점 이야기

책을 읽는 사람이 줄어드는 시대라고 하는데 오히려 동네 작은 서점은 참 많이 생겨났습니다. 대형 서점의 100분의 1도 안 되지만, 서점 주인장의 취향과 개성으로 꾸며진 독립서점들은 새로운 세계로의 여행입니다. 독립 서점이 책만 팔아서 지속 가능할까? 오프라인 서점의 종말 위기라는 이 시대에 독립 서점은 어떻게 이렇게 급속도로 확장될 수 있었을까? 라는 의문에 동네 서점 지도(www.bookshopmap.com)는 많은 인사이트를 주었습니다. 2023년 3월 기준으로 동네 서점 지도에 등록된 운영 중인 동네 서점은 총 828곳입니다. 이중 서울특별시 250곳(30.2%), 인천광역시 103곳(12.4%), 경기도 139곳(16.8%)으로 수도권이 59.4%를 차지했으며, 다음으로 제주특별자치도 50곳(6.0%)으로 수도권 외 지역 중에서 가장 많았습니다. 취향별로는 커피차가 있는 서점 245곳(29.6%), 독립출판물 서점 171곳(20.7%), 종합 서점 124곳(15%) 순으로 많았습니다. 그림책 서점, 예술 서점, 술이 있는 서점, 북 스테이 서점, 책 처방 서점, 성평등 서점, 큐레이션 서점, 사진 책 서점, 자연생태 서점 등 의외의 주제가 참 많습니다. 사람들의 상상력은 정말 대단한 것 같습니다. 책과 술, 책과 숙박, 책과 사진... 어떻게 이런 융합을 생각해낼 수 있는지 놀라울 따름입니다. 내가 기껏 상상할 수 있는 것은 책과 커피, 책과 그림책 정도인데 말입니다.

수도권 외 지역으로 동네 서점이 가장 많은 제주특별자치도의 서점은 작정을 하고 여러 곳을 다녀 보았습니다. 제주도의 서점을 취향별로 분류하자면 커피차가 있는 서점 15곳(50%), 독립서점 9곳(18%), 헌책방·고서점 7곳(14%)으로 가장 많았습니다. 또한 라이프스타일 서점(3곳)과 북 스테이(4곳)의 비중이 높지만, 종합 서점은 단 1곳도 없습니다. 이번 책은 여행기가 아닌 터라, 제주도 서점 이야기는 다음

책에서 깊이 있게 써보려고 합니다. 후속편을 기대해주세요!

소규모 독립 서점의 생존법은 무엇일까? 초기 독립 서점은 개인이나 그룹의 창작자가 만든 자가출판물 인 독립출판물과 아트북 중심이었습니다. 최근 독립 서점은 커피와 차, 전시와 공연, 심리 상담과 책 처방 등 고객 취향에 따른 맞춤형 서비스와 독서 모임과 책 이야기, 책 만들기 워크숍, 영화 상영 모임, 음악 감상 모임 등 함께 즐길 수 있는 다양한 활동까지 제공하고 있습니다. 취향 중심, 맞춤형 서비스 제공 등을 내세운 10평 내외의 소규모 독립 서점들이 중대형 서점들과 경쟁해 수익을 내고 살아남은 나름의 생존에 박수와 응원을 보냅니다.

부산여행에서 만난 동네서점 아르케

코로나로 여행이 여전히 불안했던 지난해 겨울, 연말쯤에는 숨 쉬는 것 외에는 그 어떤 것도 하지 않겠다는 다짐으로 가볍게 여벌의 옷만 챙겨 무작정 부산으로 떠났습니다. 해운대에는 사람이 너무 많았습니다. 아무것도 하지 않고, 잔뜩 늦잠을 자고 커피 한 잔의 여유와 책만 보겠다고 떠난 여행은 송정 해수욕장 앞 송정 호텔에 짐을 풀게 했습니다. 부산 송정 해수욕장은 북적대는 해운대 해수욕장이나 광안리 해수욕장과 달리 조용하고 아늑한 점이 매력입니다. 송정 해수욕장은 동해와 남해가 맞닿아 사시사철 높은 파도가 계속 밀려드는 좋은 조건과 낮은 수심 덕분에 사계절 내내 서퍼들이 몰려들며 서핑의 성지로 떠오르고 있습니다. 이른 새벽부터 서핑을 즐기는 사람들이 많습니다. 차가운 북풍을 피해 호텔 밖으로 나가지도 않고 있는데, 겨울의 서핑을 즐기는 사람들을 보면 저러다 얼어 죽는 것은 아닌지… 걱정 어린 말을 자주 하곤 했답니다. 혹시 여러분들도 겨울 바다의 서핑을 좋아하시나요? 그렇다면 부산 송정 해수욕장을 적극 추천합니다!

　대한민국의 전체 인구의 50% 이상이 서울과 경기, 인천 등 수도권에 집중되어 있습니다. 독립 서점 수 비율도 수도권이 63%에 달합니다. 수도권 외 지방의 독립 서점들은 적극적인 온라인 소통을 통해 가까운 지역 주민뿐만 아니라 먼 거리 고객들과도 소통해야만 살아남을 수 있습니다. 최근 개점하는 독립 서점 수가 관광객의 접근성이 좋은 지역들 중심인 것도 이 이유일 것입니다.

　부산에는 40여 곳 남짓한 동네 서점이 있습니다만, 접근성(일반적으로 거리·통행 시간 등에 의하여 결정되는 것)이 이유가 되어 송정 해수욕장에서 가까운 서점 '아르케'를 방문했습니다. '아르케'는 주인 장의 책 취향이 오롯이 반영된 새 책들과 중고 책도 판매되고 있었습니다. 문을 연 지 6개월밖에 되지 않았지만, 매출이 제법 괜찮다고 합니다. '아르케'는 커피와 차, 책 만들기 워크숍, 지역 주민들과 여행객 등 고객 취향에 따른 맞춤형 서비스 모임 등으로 자연스럽게 성장하고 있었습니다. 그리고 매출의 많은 부분을 차지한다는 의류를 비롯한 양말, 스카프, 가방 등의 소품들이 내 지갑을 열게 했답니다. 누군가에게는 여행지를 추억하게 하는 것이 사진과 지역 특색이 담긴 기념품이겠지만, 나에게는 역시 책입니다. '아르케'에서 사 온 초록 스카프와 고양이가 새겨진 양말은 오늘도 부산 송정 앞바다를 추억하게 합니다.

여행 그리고 사진

나는 여행지에서 사진 찍는 것을 별로 좋아하지 않습니다. 낯선 여행지에서 길 찾기의 어려움과 그 도시의 운치를 만끽하기도 버거운데 사진까지 찍을 여유가 없는 것입니다. 누군가는 여행지의 낯섦과 새로움이 좋아서 여행할지도 모르겠지만, 나는 그 낯섦이 싫어 마음에 드는 여행지로 여러 번 여행하기 좋아합니다. 한 번, 두 번, 세 번

반복해서 가다 보면, 낯선 길도 익숙한 길이 되고, 낯선 상점도 익숙한 상점이 되어 좋았습니다. 아, 그렇다면 그건 여행이 아니라 일상이 되어 버린 것 아닌가? 의심할지도 모르겠지만 여행을 떠난 것만으로 생계(돈을 버는 일)와는 멀어졌으니 그것만으로 그냥 좋은 것입니다.

다음에는 여행지의 사진을 잘 찍어둬야겠습니다. 서점을 주제로 에세이를 쓸 것이라는 작은 암시라도 있었으면 좋았을 텐데 말입니다. 누군가가 나에게 소원이 있냐고 물으면 "미래를 볼 수 있는 능력을 갖고 싶습니다."라고 자주 말하곤 합니다. 2050 세계미래보고서, 미래예측보고서⋯ 해마다 발행되는 이런 책들을 사보며 이 글을 쓴 사람들은 미래를 보는 능력이라도 있는 건가? 라는 의구심이 들기도 하고, 10년쯤 지난 미래 보고서와 현재를 비교해보면 음⋯ 예측이 많이 어긋났군. 하는 약간의 비난 섞인 말을 내뱉으며 미래를 볼 수 있는 능력 하나쯤 있으면 좋겠군. 이라는 어린아이 같은 말을 해보기도 합니다. 오늘은 지금이라도 훌쩍 비행기를 타고 날아가서 사진만이라도 찍고 와야 할까? 라는 고민에 잠깁니다. 하지만 아쉬움을 남기고 이번 에세이는 여기까지 입니다. 직접 찍은 멋진 사진과 함께 돌아오겠습니다. 다음편 기대해주세요!

석촌호수

박수진

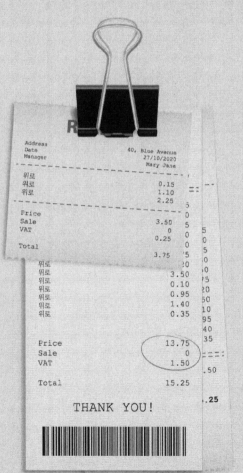

THANK YOU!

박수진 급부(汲婦). 마음 한구석에 꽃을 키우고, 걸으며 생각하는 것을 즐기는 도시 산책자. '이것 또한 지나가리라.' 라는 글귀를 좋아합니다. 기쁠 때에 교만하지 않으려 노력하고, 절망에 빠지고 시련에 처했을 때에 용기를 잃지 않으려 노력합니다. 어릴 적 꿈은 글을 쓰는 사람이 되는 것이었습니다. 남은 인생의 꿈은 글을 잘 쓰는 재미있는 사람이 되는 것입니다. 이 글은 낡은 꿈을 이루기 위한 첫 걸음입니다. 일상의 지루함과 고단함을 글을 쓰는 즐거움으로 극복하고 싶은 마음으로 글을 써 내려 갔습니다.

누구에게나 계절은 온다. 계절을 느끼지 못하고 지나가는 저마다의 이유는 있을지라도 계절에는 차별이 없다.

내가 석촌호수를 다시 만난 것은 길거리에 두 종류의 옷차림이 보이는 계절이다. 시도 때도 없이 부는 바람에 아직 정리하지 않은 듯한 두툼한 옷을 입고 다니는 사람들과, 저렇게 입고 있으면 춥지 않을까 라는 생각이 드는 사람들이 보이는 시기에 석촌호수를 다시 만났다. 회사의 선배님을 따라서 갔던 호수에는 아직 꽃은 피지 않았지만, 호수 주변의 노란색이 '나 이제 곧 너를 보러 갈 거야' 하고 말하듯 가지 끝에 얼굴을 내밀고 있었다. 여러해 동안 나에게 있어 봄은 그야말로 춘래불사춘(春來不似春). 개나리의 진한 노란색이나 벚꽃의 투명한 분홍색 등 계절이 어떻게 바뀌고 있는지 모르는 날들의 연속. 이제는 봄에게 미안해 않아도 되겠구나. 길 거리에서 나를 반기는 봄의 인사를 모른척하지 않아도 되겠구나. 안도와 설렘을 마음에 다시 담았을 때, 그렇게 나와 호수는 재회를 하였다.

석촌호수를 처음 만난 것은 친구의 결혼식 이후에 남은 친구들과 산책을 하기 위해서 간 것이 처음이다. 잘 기억이 나진 않지만 결혼식 장이 그 근처였나 보다. 그저 친구들 뒤를 따라 걸었던 기억이 있다. 그때는 취업 준비중이라 심적으로 여유가 없었고, 계절과 호수를 온전히 즐길 수 없었다. 그 이유일까? 호수에 관하여 남은 기억이 없다. 석촌호수를 기억하는 이유도 그날 저녁 수업에서 만난 사람이 오늘 독서실 안 오고 뭐했냐고 묻기에, 친구의 결혼식을 참석했다가 석촌호수를 다녀왔다고 대답을 하는 바람에 기억하고 있는 것이니 유명한 노래 제목처럼 정말 '잊혀진 계절'이다.

두번째 만남 그 후로 점심시간에 석촌호수를 자주 보러 갔다. 나는 건널목을 지나서 호수 밑으로 내려가는 계단을 내려 갈 때면 마치 이상한 나라의 앨리스처럼 다른 세계로 가는 듯한 착각에 빠지곤 하는데 그도 그럴 것이 내려가는 순간 갑자기 다른 공간이 펼쳐지며 다른 소리가 들린다. 사람들의 말소리와 발소리, 새소리. 바람 부는 맑은 날에는 바람이 물을 날리는 소리도 들린다.

하루하루 볕이 따듯 해지고 좋은 향기가 나기 시작하면 호수에는 사람들이 붐빈다. 호수의 길을 따라 심어 놓은 벚꽃 나무들이 꽃을 피우는데 우리나라의 벚꽃 명소를 알릴 때에 빠지지 않고 소개될 정도로 아주 장관이다. 호수길을 걸으며 하늘을 쳐다보면 머리 위에 벚꽃 나무가지에 핀 꽃들이 보이고, 바람이 불면 꽃잎들이 흩날리며 얼굴 위로 떨어진다. 석촌호수를 방문하는 사람들도 그 순간이 좋아서인지 여기저기에서 핸드폰 카메라를 들이대느라 정신이 없다. 나는 이렇게 꽃이 하나 가득 피었을 때에는 꽃을 보기 보다는 사람 보는 재미로 호수를 간다. 정확히는 기분 좋은 사람들의 표정을 본다. 이렇게 꽃이 필 때 여기에 오는 사람들의 표정은 활기가 넘치고 행복해 보여서 나까지 활력이 생기는 느낌이다.

다른 사람들도 마찬가지이겠지만 머물 집을 고를 때 고려하는 부분들이 있다. 나는 내가 머물 집 주변에 어떤 사람들이 왕래를 하는지 유심히 관찰한다. 기억에 남는 집은 청계산 바로 밑에 있는 집이다. 그 집에서 출발하면 청계산의 올라가는 입구까지 십 분정도 걸리는 곳인데, 공휴일이나 주말에 창문을 열어 두고 자면 등산객들의 북적임이 나를 깨우는 집이었다. 집 앞에 나가면 청계산을 오가는 사람들의 표정을 볼 수 있는데 생기 있고 즐거워 보인다. 때로는 꼭 정상에 가겠다는 결연한 표정의 사람도 보이고, 삼삼오오 걸어가면서 나누는 이야기. 가령 청계산의 꼭대기에서 파는 막걸리 이야기를 듣고 있으면 나도 모르게 침이 고이기도 한다. 여담이지만 후에 나도 맛이 궁금하여 매봉에서 파는 막걸리를 맛보았다. 나는 밝은 표정의 사람들을 보고 살 수 있는 것도 아주 큰 행운이라 여기는 사람이라 회사 근처의 석촌호수를 다녀온 뒤에 복이 넝쿨째 들어왔구나! 고 여기며 직장을 그만두기 전까지는 즐거운 표정의 사람들을 실컷 보고 살 수 있겠구나 싶어 마음 곳간에 쌀이 가득 차 있는 느낌이었다.

이렇게 사람과 꽃이 넘치던 석촌호수에도 비가 내리고 바람이 불면, 꽃잎이 다 바닥에 떨어지고 가지와 잎만 남게 된다. 벚꽃이 떨어질 때 즈음의 비 내리는 날. 하늘이 보이는 투명한 우산을 들고 걷다보면 우산에 떨어지는 빗소리와 호수에 떨어지는 빗소리에 집중하게 되는데 신선이 따로 없다. 가끔 나와 비슷한 행색으로 산책을 하는 사람을 마주치게 되면 나의 감성의 결이 비슷한 사람인가 싶어 왠지 모르게 말을 걸고 싶지만 알은체하지는 않는다. 나와 비슷한 사람이라면 자신만의 시간을 방해받고 싶지 않을 테니까.

나의 생활 동선은 단조로운 편인데 가는 곳도 일정하고, 먹는 것도 거의 비슷하다. 그러다보니 카페 사장님이나 음식점의 사장님이 얼굴을 기억을 하는 편이다. 나의 기억에 남는 곳은 거의 매일 들렀던 카페인데, 항상 시원한 아메리카노를 주문하곤했다. 자주 가니 얼굴을 알았을 텐데 한 번도 나에게 일신상의 질문을 하지 않고, 들어오고 나갈 때 경상도 사투리가 묻어 나는 인사를 한다. 그런데 친절한건 아니지만 적당한 무관심에서 나에 대한 배려가 느껴져 고마웠고 그렇게 계절이 세번 바뀔 때 쯤인가 내게 말을 걸어 이제 주인이 바뀔거라는 말을 하더라. 그동안 고마웠다고. 나는 그 사람 덕분에 무관심도 배려가 될 수 있다는 것을 알게 되었고 그 이후 타인에 대한 지나친 관심은 자제하게 되었다.

중학교 2학년때 이양하의 『신록예찬』을 읽으며 나도 수필을 쓴다면 이런 글을 쓰고 싶다고 마음먹고 공자가 말한 15세 지학의 나이에 뜻을 세웠다. 삼십 세가 되기 전에 글을 쓴다면 시를 쓰고, 사십 세가 되기 전에 글을 쓴다면 소설을 쓸 것이고, 오십 세가 되기 전에 글을 쓴다면 수필을 쓰겠다. 하지만 이십 대, 삼십 대에는 동년배의 성공에 기죽고, 보이지 않는 미래를 불안해하고, 무엇인가는 하고 있는데 내가 가고 있는 길이 제대로 가고 있는 길인가 하는 답답함에 글을 쓰겠다는 나의 계획은 어느새 잊었다.

　석촌호수와 다시 재회하고 5월의 어느 날 점심시간. 어떤 계절보다 깨끗하고 명랑하다. 햇볕이 호수를 내리 쬐는데 마치 호수 안에 중요한 물건을 숨겨 놓아 아무도 보지 못하게 라도 하는 듯이 눈이 부시고 반짝거린다. 아니 질투에 눈 먼 신이 자신이 사랑하는 사람을 아무도 보지 못하게 호수의 가운데 가둬 두고 태양을 시켜 호수에 빛을 쏘는 것 같다. 석촌호수의 나무들은 연두색 초록색의 액세서리를 하고 호수를 지키 듯이 서 있고 나는 그 옆을 관심은 있지만 관심 없는 듯이 천천히 걸어서 지나간다.

　호수를 걷다 보면 나처럼 천천히 걷는 사람이 있고, 빠른 걸음으로 걷는 사람, 뛰는 사람도 있다. 천천히 걷는 사람들은 달리기를 하기에는 불편한 신발을 신고 있고, 아마도 호수에 오기 전까지도 바쁘게 무언가를 처리하다가 온 사람인 것처럼 보인다. 반면 뛰고 있는 사람들은 호수의 한바퀴를 뛰겠다는 목표를 가지고 있는 까닭인지 달리기를 하기에 적당한 운동화와 상의, 하의를 갖추고 절도 있는 동작으로 뛰고 있다.

　우리는 주변인들에게 '제 때'에 관하여 강요를 받는다. 간단하게는 삼시 세끼를 제 때에 먹어야지. 또는 대학교는 제 때에 입학하고, 졸업을 해야지. 졸업하면 취업을 해야지. 결혼은 언제 해. 결혼을 하면 아기도 낳아야지. 이 제 때에 관한 강요는 언제쯤 끝나는 것인가? 나는 아침은 안 먹고 아침과 점심 사이에 밥을 먹고 싶고, 저녁식사는 일찍 하는 것이 몸에 부담이 없어서 좋다. 삼시 세끼에 대하여 자유로워지니 소화가 잘 되고, 음식을 먹는 것이 즐겁다. 나는 취업과 결혼도 소위 말하는 제 때에 하지를 못했다. 당시에 남들 보다 늦은 취업으로 너무 힘들었다. 그런데 고작 삼십 대 초반이었는데 지금 생각해보면 조바심이 나고 남들과 다른 속도로 가고 있는 것이 매일 너무나 불안 했다.

석촌호수를 조금 걷다가 보니 아까 전에 열심히 뛰어 가던 사람이 의자에 앉아 쉬고 있다. 그 사람과 나는 다시 만났고, 결국은 내가 앞지른다. 하지만 그 사람은 다시 또 달리기 시작하고 나를 다시 앞질렀다. 우리가 살고 있는 삶도 그렇다. 시작은 같아도 남들과 계속 같은 속도로 갈 수 없고, 나는 천천히 걷기도 하고 조금 빠르게 걷기도 하고, 다른 이들은 뛰기도 하고 쉬기도 한다. 자신만의 속도를 잘 지키면서 주변도 둘러보고 가면 된다. 끝까지 갈 수 있는 지구력만 있다면 마지막 종점에는 누구나 도착하니까. 이러한 지혜를 삼십 대에 알았다면 좋지만 지금이라도 알아서 다행이다. 이로 인하여 앞으로 남은 인생이 조금은 여유가 있을 테니. 이 날도 그렇고 점심시간에 쫓겨 호수 한 바퀴를 다 걷지 못하는 날도 많다. 하지만 나만의 속도 유지하기. 석촌호수에게 다시 중얼거려본다.

당신은 어떤 날 산책을 하는 것을 좋아하나요? 일반적으로 걷기 좋은 날을 택하는데 좋은 날이라는 게 온도, 습도, 일조량 등등 고려하는 요소가 제각기 다르다.

'We could not go for a walk that afternoon.' 이 글은 소설 『제인에어』의 첫 문장이다. 출판사마다 조금씩 번역이 다르기도 하지만

'그날은 산책이 불가능한 날이었다.' 정도로 보통 번역을 한다. 이 글만 보면 산책이 불가능해서 산책을 안 했단 말인가 하겠지만 바람 불고 나뭇잎이 다 떨어진 길을 산책을 했다는 내용이 이어진다. 이 소설의 내용과 결말을 알게 되면 이 한 문장이 얼마나 대단한 문장인지를 알게 된다. 역시 고전은 고전.

　내가 산책하기 좋아하는 날은 사람들이 일반적으로 선호하는 날과는 다르다. 비가 내리면 더욱 좋고, 비가 내리기 직전에 모든 소리가 웅웅웅 울리듯이 들리는 날. 그 날이 내가 생각하는 최고의 날이다. 나는 비 내리기 직전에 약간 주변이 울리는 듯한 소리를 느끼고 주변의 소리가 잘 들린다고 느낀 적이 있는데 과학적으로 근거가 있다는 글을 보고 나의 느낌이 틀리지 않았음에 비 내리기 직전이 더욱 좋아졌다. 이런 날은 축축히 젖은 흙냄새도 함께 난다. 그래서 지하철에서 파는 델리만주 냄새를 맡듯이 비 냄새를 더욱 더 느껴보려 애쓴다.

　그런 날에는 비둘기들이 어딘가로 사라진다. 조류들은 비가 오는 것을 사람 보다 먼저 안다고 하는데 아마 먼저 알고 자신들의 은신처로 피신을 하는 모양이다. 나는 조류를 무서워하는 사람이다. 석촌호수를 사랑 하지만 가끔씩 모여 드는 비둘기들을 보고 지나가지 못 한 적도 있다. 비둘기도 생명체로 존중 해야함이 마땅하건만 어린 시절 장닭에게 쪼인 경험이 있는 나에게는 힘든 존재이다. 하지만 비 내리기 직전과 비 내릴 때는 비둘기가 없으니 나에게 산책하기 좋은 날이란 질문에 딱 맞는 날이다.

　축축히 비가 내릴 것 같아 우산을 챙겨 들고 나간다. 점심 식사를 마치고 빠른 걸음으로 석촌호수의 계단을 내려 가본다.

흙 냄새를 실컷 맡으며 걷고 있는데 저만큼 앞에 나의 얼굴을 마주 보고 뒤로 걷는 사람이 보인다. 집이 근처인지 가방도 없이 간편한 옷차림으로 나온 사람이다. 나는 그 사람의 속도를 맞춰 일부러 천천히 걷는다. 속도는 빠르지 않지만 리듬감이 느껴진다. 그냥 아무 생각 없이 걷는 사람들 보다는 얼굴에 긴장감이 보이고 걸음 걸음에 신중함이 보인다. 정말로 걷고 있다는 사실에만 집중하는 느낌. 그 사람은 본인의 한 걸음 한 걸음에 신경을 쓰다 보니 내가 앞에 있는 것도 모르는 듯하다.

생각해보면 온전히 한가지에만 집중한 것이 어느때였는지 잘 기억나지 않는다. 다른 사람이 옆에 와도 모를 정도로 빠져 있던 적이 정말 오래되었네. 그런 생각을 하다 보니 다시 한번 가슴이 뛰는 삶을 살고 싶다고 생각을 한다. 무엇을 할 수 있을까? 그래 오래 된 내 낡은 꿈. 글을 써 보자. 지금 사십 대니까 수필을 쓰기에 적당하다는 생각을 해 본다. 피천득 작가님이 수필은 청춘의 글은 아니요, 서른 여섯 살 중년 고개를 넘어선 사람의 글이라고 하지 않았던가.

내 인생에서 지금이 제일 여러가지 역할을 하고 있다. 아내, 엄마, 딸, 며느리, 근로자. 여기에 또 작가의 꿈까지 얹으면 힘이 많이 필요할까? 그래도 심장이 두근거리고 온전히 나에게 집중하는 일을 하고 싶다. 발걸음 뗄 때마다 생각 하며 사무실로 들어온다.

장마철이다. 몇 날 며칠 비가 내린다. 비 내리는 날 비둘기가 없어서 좋은 나도 장마가 길어지자 좀 지루해진다. 햇볕을 본 지가 어느 날이었는지 기억이 잘 안 난다. 아침마다 일기 예보를 확인한다. "이번 주말부터는 장마전선이 물러 가고 본격적인 더위가 시작되겠습니다." 드디어 장마가 끝나는구나. 여름. 나는 여름에 태어났다. 여름을 좋아하는 사람은 흔하지 않다. 그래도 추운 것과 더운 것을 고르라면 여름이 낫지 않나? 없는 사람들에겐 추운 겨울보다는 여름이 더 낫다고 말도 있고, 더울 때는 수영을 하든지, 시원한 곳을 찾아 가든지, 여러가지 대안이 많은데 겨울은 정말 대안이 없다.

　그러고보니 비에 관하여 조금은 특별한 경험이 있다.

　어린 시절 강원도 영월군에서 잠시 머물렀다. 그 동안 아파트에서만 살았는데 영월에서 살던 집은 마당이 있고 나무 평상이 있는 집이다. 아쉬운 점은 주인집 할머니가 흙 마당이던 바닥에 블록을 깔아 놓았다는 것과 그 당시 도시에서는 흔치 않았던 재래식 화장실이라는 것이었다. 그래도 아파트가 아닌 곳에 살 생각에 동생과 나는 좋아서 신이 났다. 이유는 색깔이 다른 블록을 기준 삼아 깜깜해 질때까지 '돈까스 놀이'를 했기 때문인데, "도온 까스 까스" 이 소리가 저녁 밥을 먹고 나서까지도 이어졌으니 지금 생각해보면 앞집과 뒷집도 시끄러웠을 거다. 비가 많이 내리는 날에는 엄마가 휴대용 버너를 꺼내와 평상에 앉아 감자전이며 김치전을 만들어 주던 모습이, 음식의 냄새까지 분명하게 기억되어 즐거운 추억으로 존재한다. 1990년 영월에는 비가 많이 내렸다. 영월만 아니라 전국적으로 기록적인 폭우가 내려 지금도 '한강 대홍수'라는 기록으로 남아 있다. 학교에 등교를 했는데 오전 10시쯤이었나. 담임 선생님이 영흥리 버스터미널 근처

사는 친구들은 속히 집으로 귀가를 하라고 하신다. 집에 도착하니 심각성이 느껴 진다. 우리가 사는 집 바로 앞집까지 물에 잠겨 있는 것이 아닌가! 어린 마음에 놀라 물으니, 일단 책가방에 책과 학용품 등을 챙겨 두라고 하여 책가방에 전과목 책을 잔뜩 넣고 엄마 아빠 옆에 앉아 라디오 뉴스 소리에 귀를 기울인다. 제발 더 이상 비가 내리지 않기를 바라며 기다리는데 바깥에 나갔다 오신 아빠가 아무래도 필요한 것만 챙겨서 높은 곳까지 피해야 할 것 같다고 한다. 책가방을 메고 나서는데, "주민들은 초등학교나 지대가 높은 곳의 집으로 속히 이동하세요!" 방송이 흘러나오고 문 밖에는 온 동네를 청소라도 하려는 건지 엄청나게 많은 양의 비가 내리고 있었다. 다행히 우리 식구를 재워 줄 동네 사람이 있어 그 집에 며칠 묵을 수 있게 배려해 주었다. 나는 지금이 여름이라 다행이다고 생각했다. 겨울이면 잘 곳도 없는데 얼마나 추울까. 아침에 일어났더니 이미 우리집은 물에 잠겼고 다른 집들도 마찬가지이다. 다음 날도 비가 많이 내리고 어느정도 정리가 된 동강을 가봤는데 흙탕물이 너무 빠르게 내려가고 있었고 색깔도 붉은 것이 무서울 지경. 그렇게 우리 가족과 동네 사람들은 수재민이 되어 여러 기관과 여러 사람의 도움을 받았다. 그 뒤로 TV 뉴스에 재난의 피해자를 보면 어린시절의 내가 생각이 나 그냥 지나치기가 쉽지 않다. 적당히 내리는 비는 커피와 책을 찾게 하지만 어느 순간 비가 너무 많이 내린다 싶으면 나는 기상정보를 찾아본다. 나와 같은 수재민이 생기지 않기를 바라면서 말이다.

　장마철이 지나고 점심시간에 석촌호수를 가면 사람이 거의 없다.

바람이 많이 부는 날에 가도 바람을 막아 주어 바람이 없다고 느끼는데 장마철이 끝나고 본격 여름이 시작할 때 가면 호수가 가둬 둔 열기 때문에 잠시만 걸어 다녀도 땀이 주르륵 주르륵 흐른다. 석촌호수에 사람이 없을 때 가고 싶다면 이 시기에 가면 된다. 장마가 끝난 여름에 석촌호수를 가게 된다면 롯데월드 매직아일랜드쪽을 걸어 가 봐야 한다. 롯데월드몰 뒤쪽의 길을 따라 호수로 내려 가서 걷다 보면 놀이기구를 타는 사람들의 소리가 가까워지는데, 다른 계절 보다 여름에 들리는 사람들의 즐거운 비명소리가 듣는 이들의 가슴까지 시원하게 해준다. 놀이 기구의 아슬아슬한 감정이 나에게 전해져 등 뒤의 땀이 다 식는 듯한 느낌이다. 롯데월드 매직아일랜드에서 나는 소리는 매우 역동적이다. 놀이 기구가 움직이며 내는 후우잉 후우잉 소리에 그 리듬에 맞춰 꺅! 벤치에 앉아 그 소리를 가만히 듣고 있으면 좀비가 쫓아오는 숨막히는 공포 영화 관람석에 앉아 있는 것도 같고, 유명한 아이돌의 콘서트장에 앉아 있는 것도 같다.

석촌호수의 한여름에는 나무들이 자리가 비좁은 듯이 서로 나뭇잎 어깨를 나란히 부딪치며 서 있다. 저 나무들은 저렇게 나뭇잎과 나뭇잎들을 맞대고 있다가 낙엽이 되어 떨어지는 때가 오면 어떤 마음일까? 외로울까? 아니면 여태까지 매년 그래왔으니 덤덤히 받아들이는 걸까?

호수의 한여름은 그리 길지 않다. 나뭇잎의 초록이 더 이상 이보다 진한 초록이 될 수 없다고 느낄 때 즈음이면 벌써 아침 저녁으로 선선한 바람이 불어온다. 이제 본격적으로 석촌호수에 사람이 많아지기 시작한다. 한동안 호수를 고향 친구 보듯이 안 오던 사람들도 석촌호수를 보러 온다. 나도 호수의 계절을 놓치고 싶지 않아 석촌호수를 자주 만나러 간다.

구내식당은 지하 1층에 있다. 5층에서 엘리베이터를 기다려보지만 높은 확률로 만원으로 내려오는 경우가 허다하다. 숫자를 몇 번 쳐다보다 이내 종종 걸음으로 지하 1층까지 계단으로 내려간다. 오늘의 반찬은 진미 채·근대 국·생선가스·무생채. 어떤 사람들은 구내식당 밥이 마땅치 않아 밖으로 나가서 먹고 들어온다. 내가 차리는 밥상이 아닌 타인이 만들어 주는 음식의 고마움은 경험해보지 않은 사람은 절대 느낄 수 없다. 소박하고 맛있는 밥상에 기분이 좋아지고 빨리 호수를 만나러 가야지하는 생각에 행동이 빨라진다.

내가 제일 좋아하는 시간. 빠른 걸음으로 1층으로 올라와 건물밖으로 나간다. 나가는 순간 나를 맞아 주는 바람이 익숙하고 시원하다. 회사와 점점 멀어질수록 해방감을 느끼고 석촌호수의 입구에 도착해서 내려가면 순간 공기가 달라지는데 계절에 따라 그 향기가 다르다. 처음엔 어색하게 내려 가지만 이내 군중들이 움직이는 인파 속으로 섞여 들어 간다. 방향은 반시계 방향.

대부분 반시계 방향으로 걷는데 언젠가 이런 방향에 대하여 의문점을 갖고 이유를 알아본 적이 있다. 생각해보니 육상, 빙상 등 트랙운동도 반시계 방향이더라. 1896년 제1회 아테네 올림픽때는 시계방향으로 육상 경기를 진행했는데 그 이후 1912년 국제육상경기연맹은 총회에서 모든 트랙 경기의 달리는 방향을 왼쪽으로 규정했다고 한다. 시계방향으로 달리는 것은 어색하고 불편하다고 항의를 했기 때문이라는 것을 확인하고 허탈 하여 웃었는데, 다시 생각하니 다행이다. 꼭 지켜야 할 이유가 있는 것이 아니라면 어떻게 해도 괜찮다는 뜻이니까.

우리나라는 중학교까지는 의무 교육이기에 8세에 초등학교를 입학하고 중학교 3학년까지는 학교를 다닌다. 고등학교때부터는 각자의 선택에 따라 조금은 달라지지만 일반적으로는 고등학교에 진학을 하고 졸업을 한다. 이런 것들도 꼭 지켜야 하는 것은 아니지만 평범한 과정을 지나 오지 않은 사람을 우리는 궁금해한다. 간혹 점잖은 말을 선택하여 질문을 하기도 하지만 속내는 '왜 남들과 같은 방향으로 걷지 않았지?' 라고 묻고 싶어 한다. 사실 운동장 트랙의 반시계 방향처럼 어떻게 해도 괜찮은 것이 아닐까?

우리는 가정, 학교 또는 사회에서 정해 놓은 규칙에 맞춰 살아가는 것을 배운다. 나는 규칙을 좋아한다. 규칙이라는 말과 통하는 것은 예견가능성 또는 안정감이라고 생각한다. 그리고 규칙을 잘 지키는 사람들에게는 그에 걸맞은 보상이 필요하다. 규칙을 잘 지키는 사람들이 많아야 사회는 혼란스럽지 않고 잘 유지될 수 있기 때문에 그 무엇보다 규칙을 잘 지키는 사람들은 박수 받고 격려 받아야 한다. 규칙을 잘 지키는 사람들은 그들 대로 대우받아 마땅하지만 잠시 다른 생각을 해본다.

사실 규칙이라는 것은 사회적으로 우위를 점하고 있는 사람들이 다양한 사람들로 구성된 집단을 효율적으로 관리하기 위하여 만든 것들이 많다. 대다수는 규칙을 잘 지키는데 일반적인 기준에서 볼 때 '저 사람 왜 저러지?' 라는 생각이 드는 사람을 만날 때가 있다. 그럴 경우 당신은 어떻게 대처를 할 것인가? 다양한 경우의 수가 있다. 행동을 교정해 줄 수도 있고, 비난을 할 수도 있다. 때에 따라서는 관찰자의 입장에서 응원할 수도 있고, 어떤 결말이 날지 그저 방관할 수도 있다. 돌이켜 생각해보면 나는 방관자에 가깝다. 세상을 유지하는 것은 규칙을 잘 지키는 사람들이지만, 세상을 바꾸는 사람들은 규칙에 얽매이지 않는 사람들이다. 우리는 그런 사람들을 어떻게 받아들여야 할까? 또한 규칙의 경직성으로 인하여 창의성을 방해받는 사람과, 질서를 어지럽히는 목적이 있는 사람을 어떻게 구별할 수 있을까? 그래서 책을 가깝게 두고 읽는 것뿐 아니라 생각을 깊게 하고 이해의 폭을 넓혀야 한다. 광화문 교보문고를 방문하면 인상적인 문구가 있다. '사람은 책을 만들고, 책은 사람을 만든다.' 한 문장에서 무려 네 가지의 해석을 할 수가 있는데, 많은 생각을 하게 하는 문장이다.

　이런저런 생각을 하며 걷다 보니 호수의 중간 지점에서 반대로 걷고 있는 사람을 만난다. 흔히 우리가 어떤 사람과 맞지 않다고 생각하는 사람과도 예상하지 못한 지점에서 만난다. 그래서 고장 나서 안 맞는 시계도 하루에 두 번은 맞는다고 하지 않는가. 요즘 우리는 혐오의 시대에 살고 있다고 한다. 다른 것을 틀린 것이라고 하지 않고 존중해주는 사회가 되어야 하는데 어디서부터 시작을 해야 할 지 막막하다. 당장 주변 사람들에게 책을 권하자. 술 권하는 사회가 아니라 책을 권하는 사회.

호수의 나무들이 붉은색 옷으로 갈아입기 시작한다. 석촌호수는 꽃이 피는 봄도 좋지만 가을날에는 처연한 듯하면서도 포근하고 좋다. 이제는 긴 소매 옷을 입어도 어색하지 않고, 호수의 낙엽에 어울리는 색감의 겉옷에 멋진 스카프까지 하면 왠지 모르게 내가 호수의 주인이 된 것 같은 기분이다. 석촌호수에는 또 다른 주인들이 있는데 바로 거위 가족들이다. 이 거위가족들은 더운 여름을 꿋꿋하게 잘 버텼다가 가을이 되면 줄 맞춰서 호수의 둘레길을 걸어 다니기도 하고 산책자들이 주는 과자를 받아먹기도 한다. 거위에게 음식을 줄 때는 손을 조심해야 한다. 가끔 호수를 처음 오거나 하는 사람들은 호수의 가운데 떠 있는 작은 나무집에 대하여 묻는 사람들이 있다. 거기는 거위의 집인데, 간혹 낚시를 하는 곳이냐고 묻는 사람들이 생각보다 제법 많다. 오랜 시간 석촌호수를 산책 다녔더니 사람들이 보기에 호수에 관하여 잘 아는 사람처럼 보이나 보다. 나는 질문에 답을 하고 알려주는 것을 좋아하여 산책할 때 질문을 받는 것을 좋아한다. 점점 더 호수와 친해지고 익숙해지고 있다. 이제는 바람도 제법 선선하게 느껴지고, 한 해가 얼마 남지 않음을 느끼게 된다. 어느 순간부터 시간의 흐름에 정신을 못 차릴 정도이다.

사람들은 가을을 사십 대의 계절로 자주 비교하곤 한다. 공자는 사십을 불혹이라고 칭했다. 세상 일에 정신을 빼앗겨 판단을 흐리는 일이 없는 나이라고 설명했는데 정말 맞는 이야기인가 하고 석촌호수를 걸으며 생각해 본다.

판단을 흐리는 일이 없다는 부분이 자신이 없다. 내가 하고 있는 판단이 그때는 맞았지만, 지금은 틀릴 때도 있고......하지만 분명한 것은 말을 많이 하는 것은 득 보단 실이 많다. 말이 판단이 되어 버리는 경우도 있고, 말의 힘이란 것이 모이면 또 다른 세력을 갖기에 말은 항상 조심해야 한다. 가끔 나는 잘 나이 먹고 있는가에 관하여 생각한다. 나이를 먹는다는 것은 어떤 것일까? 단순히 숫자의 놀음이 아닌 것은 맞는데, 나는 십 년 전, 이십 년 전과 많이 달라진 것 같지는 않다.

얼마 전 정부에서 2023년 6월 이후부터 세는 나이는 하지 않고 만나이를 한다고 한다. 사람들은 정책으로 인하여 나이가 줄었다며 좋아하고 특히 갓 사십 대에 진입한 사람들은 아직은 삼십 대라며 기분 좋은 표정으로 빙긋거리기도 한다. 뜻밖의 선물을 받을 사람도 있지만 안타깝게도 사십 대 중반인 나는 선물을 받을 사람이 아니라 예정대로 불혹의 계절을 즐기고 있다.

사십 대는 계절로 말한다면 어느 계절일까? 사람들은 청춘을 봄이라 이야기하고 사십 대 이후는 가을이라고 말한다. 청춘이 봄인 것을 부정하지는 않지만 나의 이십 대 삼십 대는 오히려 가을과 겨울에 가깝다. 이십 대의 질투는 마치 늦가을의 서늘한 바람이라, 너무 날카로운 마음의 날에 나조차도 상처 입고, 삼십 대에 어디에도 정착하지 못한 내 마음은 꽁꽁 얼어붙은 눈길이었다. 사십 대가 되어서야 비로소 여유를 가지고 그 계절이 마치 봄이 아닌가 하는 생각이다. 박경리 작가님은 다시 젊어지고 싶지 않다고 했고, 박완서 작가님도 하고 싶지 않은 것을 안하고 싶다고 말 할 수 있는 자유가 얼마나 좋은데 젊음과 바꾸겠냐고 했다. 나도 사십 대가 되어 보니 나이를 먹는 것이 나쁜 것만 같지는 않다. 하지만 나이 들수록 잃지 말아야 할 것이 동안이 아니라 동심이라고 하는데 동심 지키기는 쉽지 않은 느낌이다. 동심을 잃지 않으려면 무엇부터 해야 할까? 아이들이 좋아하는 동요에 '멋쟁이 토마토' 라는 노래가 있다. 가사를 들어 보면 '나는 야 주스 될 거야, 나는 야 케첩 될 거야, 나는 야 춤을 출거야' 라는 부분이 있는데 주스와 케첩이 되는 것은 토마토의 본질대로 사는 것이고, 춤을 춘다는 것은 토마토의 본질과 전혀 상관이 없는 내용이지만 춤을 출거라는 말이 상쾌하고 통쾌하게 들린다. 니체는 '한 번도 춤추지 않았던 날은 잃어버린 날이라고 생각하는 것이 좋다.'고 말했는데 아마도 내가 니체에게 동심을 잃지 않는 방법에 대하여 물으면 '춤추라'고 대답을 하지 않았을까.

아침 저녁으로 바람이 많이 불고 낙엽이 떨어져 가지에 나뭇잎이 몇 장 붙어 있지 않게 되면 사람들은 호수를 자주 찾지는 않는다. 하지만 이럴 때 석촌호수를 간다면 더욱 잘 즐길 수가 있다. 이유는 낙엽의 냄새를 더 잘 느낄 수 있기 때문이다. 점점 더 겨울이 가까워지고 있는 어느 날 아침 출근길. 코끝에서 겨울이 왔음을 느낄 수 있다. 기온은 어제보단 차갑고, 뭐라고 설명하기는 어렵지만 매운 향이 콧속을 간지럽힌다. 더 이상 추워지면 석촌호수는 당분간은 가기 힘들기 때문에 부지런히 호수 구석구석 나의 발자국을 남겨 놓는다. 어떤 곳이든 좋아하고 아끼는 곳은 주인의식을 갖는 것이 좋다고 생각한다. 주인의식이라는 말은 곧 책임감과도 통하는 말인데, 특히 주인의식이 있고 없고는 삶을 대하는 태도가 달라진다.

추워지기 시작하면 호수를 잘 가지 않는다. 하지만 꼭 보러 갈 때가 있다. 눈이 많이 내리거나 내렸을 때, 너무 추워서 석촌호수가 얼었을 때는 만나러 간다. 많은 눈이 내린 석촌호수는 호수 밖의 빌딩숲과 극명하게 대조가 되어 '나는 누구? 여기는 어디?' 이 말이 절로 나온다. 그리고 분명 눈이 내리는 날은 흐리기 때문에 날씨 자체가 어둡지만, 눈이 쌓인 석촌호수는 하얀 눈 덕분인지 매우 밝고 환하다. 영하의 날씨가 몇 날 며칠 계속되면 석촌호수도 꽝꽝 언다. 얼어붙은 호수 위를 거위가족들은 얼음이 녹을 때까지 호수 위를 걸어서 다니는데, 줄을 맞춰서 걷는 모습이나 뒤뚱거리며 걷다가 미끄러워 넘어지는 모습은 나의 웃음버튼이라 보고 또 보고 싶은 풍경이다. 이렇게 날씨가 며칠은 추웠다가 며칠은 풀리는 것을 반복하다 보면 어느새 겨울은 나의 곁을 떠나가 있고 바람이 달라졌음을 느낀다.

석촌호수, 그 길 위에 나는 있다.

사십 대에 봄을 네 번이나 보냈다. 나는 어제보다 엊그제 젊었고, 어제보다 오늘 성숙하다. 감히 나는 사십 대를 봄이라고 부르고 싶다. 가끔 사십 대는 나이가 젊은 것도 아니고 그렇다고 나이가 많은 것도 아닌 이상한 나이라는 생각이 들기도 하지만 '일만시간의 법칙'이라는 말이 있다. 어떤 분야에서 전문가가 되기까지 걸리는 시간이라고 한다. 하루에 다섯 시간씩 무엇인가를 준비하는데 그 시간이 일만시

간이 되려면 이천일이 걸리고 매일 한다면 약 6년정도의 시간이 걸린
다는 계산이 나온다. 그러니 사십 대도 아직은 무엇인가를 할 수 있는
봄이다.

내가 하는 고민과 생각을 늘 들어주는 듯한 다정한 석촌호수. 그가
항상 그 자리에서 자리를 지켜 주고 있어 나의 고민이 해결로 바뀌고,
많은 생각으로 성숙해졌다고 생각한다. 그래서 나는 오늘도 석촌호
수를 만나러 간다.

물오름 달의 어느 날.

반려견과 함께한다는 것은

박노현

박노현   직장에 다닌 지 1년밖에 되지 않은 사회 초년생이며, 직장은 파주 고향은 전주다. 2주 간격으로 고향에 간다. 왕복 7만 원의 교통비가 부담되기 시작하여 직장으로 돌아올 때는 버스를 이용한다. 대중교통을 이용할 때 창밖 풍경 보는 것을 좋아하기에 창가 자리를 선호한다. 경제적 자유를 꿈꾸며 동물을 좋아한다. 동물은 바퀴벌레 빼고 다 좋아한다. 작은 몰티즈 꿈돌이와 15년을 동고동락한 동물을 사랑하는 한 청년의 이야기다.

email : shgus1193@naver.com

갑작스러운 소식

직장에서 일을 하던 가을의 어느 날 누나에게 연락이 왔다.

꿈돌이가 아프다는 연락이었다.

"꿈돌이가 며칠 동안 설사하는데 병원에 데려가야 할 것 같아."

나는 꿈돌이가 신장이 아팠기 때문에 크게 걱정하지 않았다. 누나는 화장실에서 배변하던 꿈돌이가 그냥 바닥에 배변했다고 했다. 일단 며칠 지켜보고 계속 설사하면 병원에 데려가는 걸로 이야기를 마쳤다. 그리고 바로 다음 날 다시 연락이 왔다. 꿈돌이를 병원에 데려갔다는 연락이다. 증상을 수의사 선생님에게 말씀드렸고, 꿈돌이 상태가 좋지 않아 신장 검사와 염증 수치 등 이것저것 검사를 해야 했다. 눈에서 고름이 나오는 등 컨디션이 좋지 못해 검사를 다 못 할 수 있을 거란 소식을 들었다. 나는 아무 생각이 없었다. 그냥 믿기지 않았던 것 같다. 꿈돌이는 10살이 넘어갔을 무렵 건강검진을 통해 신장 기능 저하 진단을 받고, 꾸준히 신장 전용 사료를 먹었다. 그렇기에 와닿지 않았던 것 같다. 몇 시간 뒤 연락이 왔다. 증상과 검사 수치를 보고 황달이라 말했다. 검사 결과에서는 췌장염 양성판정이 나왔다고 했다. 수술 성공 확률은 50%였다. 꿈돌이를 보지 못하게 될 수 있단 생각이 현실로 다가오니 심장이 두근거리고 손에 땀이 나기 시작했다. 황달이 나타난 이유는 췌장염 때문인지 담즙이 문제인지 CT를 촬영해봐야 알 수 있다. 담즙이 문제라면 바로 수술에 들어가야 하고, 췌장 문제 라면 수술하지 않고, 스테로이드 주사를 맞아야 한다. 하지만 스테로이드 주사를 맞고도 생존확률은 60%였다. 일단 누나에게 내일 바로 집으로 가서 이야기하자고 말했다.

나는 퇴근 후 밤에 꿈돌이 사진을 보고 눈물이 핑 돌았다. 울지 않을 거로 생각했는데 사진을 보니 정말 미안해서 참았던 눈물이 터졌다. 15년을 함께 했지만, 핸드폰을 바꾸며 많은 사진을 잃어버려 사진이 300장밖에 되지 않았다. 이번 고비를 이겨내 주면 정말 잘하겠다고 생각하며 울다 잠이 든 줄 모르게 잠들었다.

아침에 일어나 미리 짐을 챙겨 출근했다. 룸메이트 형과 같이 출근하며 반려견이 아파서 연차를 쓰고 집에 다녀온다고 말했다. 그러자 형이 말했다.

"그걸로 연차를 쓴다고? 키우는 금붕어가 아파도 연차 쓰고 집 가겠다."

평상시 형과 자주 농담을 주고받았기에 분명 농담으로 이야기했을 것이다. 마음이 급해 그냥 웃으며 넘어갔지만, 마음 한편엔 작은 상처가 남았다. 출근하자마자 반장님께 반려견이 아프다 말씀드리며 연차를 사용할 수 있을지 여쭈었다. 반장님은 요즘 반려견을 가족처럼 생각하는 가정이 많아 이해한다며 얼른 가라고 말씀해 주셨다. 선배께도 반려견이 아프다 말씀드리니 자신도 반려견을 키웠기에 내 마음을 이해한다며 조심해서 다녀오라 하셨다. 직장 상사의 이해와 따뜻한 한마디에 룸메이트 형에게 받은 상처가 조금이나마 위로 되었다.

"꿈" 같은 만남

꿈돌이를 처음 만났던 것은 초등학교 2학년이었다. 학교를 마치고 집으로 갔다. 뜨거운 햇빛이 바닥을 달구어 아지랑이가 피어올랐다. 얼굴과 목에 흐르는 땀을 연신 닦으며 걸었다. 아파트 숲 사이를 15분 정도 걸었고 마침내 우리 가족이 사는 아파트에 도착했다. 엘리베이터를 타고 6층에 내렸다. 도어락을 열고 비밀번호를 입력했다. 현관문을 열었더니 윙윙 청소기 소리가 들렸고, 집에 들어가며 어머니께 학교 다녀왔습니다. 인사를 드리며 방문을 열려는데 어머니가 말씀하셨다.

"지금 방에 강아지가 있으니 청소 끝내고 문 열자"

"응? 강아지라고?"

강아지를 좋아하던 나와 누나는 부모님께 반려견을 키우자며 어리

광을 피웠다. 그러나 아버지는 반려견을 좋아하시지 않았지만 누나가 반에서 시험성적 평균 1등을 하면 키우게 해주신다고 약속했었다. 하지만 시간이 오래 지난 뒤여서 잊고 지냈다.

"강아지가 내 방에 있다고?"

나는 강아지가 내 방에 있다는 사실을 믿을 수 없었다. 나는 거실 소파에 앉아 청소가 빨리 끝나기를 기다렸다. 청소가 끝나는 시간은 5분이었지만 나무늘보가 기어가는 것만큼 느리게 느껴졌다.

"이제 들어가도..."

어머니 말씀이 끝나도 전에 달려가 방문을 재빨리 열었다. 방문을 열자 침대 옆에 필통 크기 정도 되어 보이는 새하얀 몰티즈 한 마리가 서 있었다. 새하얀 털로 덮인 동그란 얼굴에 작은 검은콩 3개 그리고 다른 몰티즈와는 달리 꼬리 쪽 100원 크기만 한 검은 털이 있었다. 눈이 마주치자 강아지는 한 뼘 정도 되는 책상 틈 사이로 쏙 들어갔다. 나는 강아지를 불렀다.

"안녕? 이리와~"

강아지가 좁은 틈에서 다시 뒤로 걸어 나왔다. 강아지가 내게 오자 천천히 손을 건네 살포시 쓰다듬었다. 솜사탕처럼 부드럽고, 새하얀 털들이 내 손가락 사이사이로 지나는 것을 느꼈다. 몇 분 뒤 집에 들어온 누나도 강아지를 보며 방방 뛰며 활짝 웃었다. 강아지 키우는 꿈을 꾸었던 누나의 이야기를 참고하여 아버지는 강아지 이름을 '꿈돌이'로 하자고 의견을 주셨다. 우리 남매는 해가 질 때까지 강아지와 온종일 붙어있었다.

그렇게 꿈돌이와 우리 가족의 꿈 같은 동거가 시작되었다.

언제나 나와 함께한 꿈돌이

꿈돌이는 내 일상에서 언제나 나와 함께 있었다.

학교를 마치고 집에 가면 항상 먼저 날 반겨주던 가족은 꿈돌이였다.

집에 다른 가족이 있어도, 아무도 없어도 꿈돌이는 언제나 집에서 날 기다렸다. 현관문을 열면 나는 매번 외쳤다.

"꿈돌아~ 나왔어~"

꿈돌이는 비밀번호를 누르는 소리에 땅을 박차고 바닥을 미끄러지며 뛰어왔다. 바닥에 발톱 긁히는 소리가 들렸다. 나에게 달려온 뒤 내가 한 걸음 내디딜 때마다 꿈돌이는 내 뒤를 쫄래쫄래 따라왔다. 그리고 침대로 뛰어 올라가 먼저 자리를 잡았다. 나는 가방을 내려놓곤 꿈돌이에게 내 머리를 비비며 꿈돌이와 침대에서 뒹굴었다. 우리의 둘만의 애정 표현이었다. 이어 꿈돌이를 쓰다듬었다. 그러면 꿈돌이는 기분이 좋아서 배를 보여주곤 했다.

나를 제외하고도 다른 가족이 오면 제일 먼저 반겨줬다. 부모님이 타시던 자동차는 원격으로 문을 잠그면 특유의 벨 소리가 들린다. 소리를 듣고 꿈돌이는 부모님이 오셨다는 걸 알아채고 잠을 자다가도 벌떡 일어나서 달려갔다.

꿈돌이는 우리 가족 중 나를 제일 좋아했다.

매일 밤 내가 자려고 누울 때마다 내 머리 옆에 자기 궁둥이를 붙이고 자리를 잡았다. 나는 베개가 좁다고 느껴서 매번 내 베개 옆에 베개를 한 개 더 두었다. 잠을 자고 일어나면 내가 자주 뒤척인 탓인지 꿈돌이 옆에 있는 베개에 자리를 잡고 자고 있었다. 누나는 가끔 꿈돌이가 나랑만 잔다며 질투하곤 했다. 누나와 장난칠 때 누나가 나를 때리는 줄 알고 누나를 향해 짖은 적도 있다.

꿈돌이는 내가 슬플 때도 언제나 내 옆에 있었다.

초등학생 때는 가끔 부모님이 의견 차이로 다투셨다. 그럴 때마다 부모님은 방에 들어가 있으라고 말씀하셨다. 나는 꿈돌이를 안고 조용히 방에 들어갔다. 의견을 주고받으시다 보면 큰 목소리가 오갔다. 무서웠다. 눈에 눈물이 맺히기 시작했다. 눈물이 눈을 가리면 눈물을 훔쳤다. 꿈돌이는 내 표정을 보더니 내 마음을 안다는 듯이 내게 다가와 내 다리에 앉았다. 자려고 누워도 싸우는 소리가 들리자 나는 이불을 머리끝까지 뒤집어썼다. 꿈돌이도 이불속으로 따라 들어왔다. 그러고는 내 눈물을 핥아주었다. 그렇게 나는 꿈돌이를 안고 조용히 눈물을 흘리며 잤던 추억이 있다.

앙상해진 꿈돌이

전주역에 도착하자 바로 어머니 차를 타고 꿈돌이가 있는 병원으로 향했다. 병원에서 마주한 꿈돌이는 유리로 된 네모 상자 안에 앙상한 모습으로 축 늘어진 채 엎드려 있었다. 유리문을 열어 기운 내라고 쓰다듬고 싶었지만, 감염위험 때문에 만질 수 없었다. 꿈돌이를 만질 수 없어 마음이 아팠고 안쓰러웠다. 그런 꿈돌이를 뒤로하고 담당 수의사분의 설명을 들으러 갔다. 현재 꿈돌이는 응급 상태라 바로 수술을 들어가야 한다고 했다. 황달의 원인은 담낭에 있는 돌인 담석이 장으로 가는 길을 막아 담즙이 원활하게 배출되지 못해서 배가 노랗게 나타난 것이다. 수술하게 될 경우 위험 요소는 수술 방법, 수술 시간, 꿈돌이의 안정, 수면마취 이렇게 4개다. 수술 방법은 담석을 뺄 수 있는지 없는지에 따라 바뀌었다. 담석의 위치는 CT와 MRI 촬영을 통해 알 수 있어 수술 방법에 문제는 없었다. 하지만 담석이 잘 제거되지 않는다면 수술 방법을 바꾸어 담낭을 절제해야 하고, 수술 난도가 매우 높아 시간이 길어지며 수술성공 확률이 낮다. 그러면 나이가 많은 꿈돌이에게는 치명적이다. 그리고 수술 중 언제라도 꿈돌이 상태가 안정되지 않는다면 수술을 진행할 수 없었다. 또한 꿈돌이는 수면마취를 해야 하기에 나이가 많을수록 깨어나지 못할 가능성이 높다. 이 4개의 위험 요소를 다 피해 가야 수술에 성공할 수 있었다.

이어 몇 가지 질문과 설명을 들곤 수술비용을 말씀 해주셨다.

수술 비용은 약 350만 원 CT 비용은 40~60만 원을 예상했다. 금액이 부담됐다. 우리 가족의 금전 관리는 아버지가 하시기 때문에 아버지께 말씀드린다면 우리 가족생활도 여유롭지 않기에 반대하실 거로 생각했다. 그래서 해외에서 일하시는 아버지껜 비밀로 하기로 했다. 어머니와 누나 그리고 나는 비용 부담으로 안락사를 생각하기도 했지만, 꿈돌이에게 정말 미안하고, 후회할 것 같아 그러지 않기로 했다. 꿈돌이를 잘 키웠다고 생각하지 않기에 꿈돌이가 이대로 세상을 떠나면 정말 미안할 것 같았다. 누나는 취업 준비를 하고 있어 목돈이 없었고, 나는 직장을 다녀 고정적인 수입이 있었다. 2년 전 내가 취업 준비할 때 누나가 직장을 다니며 꿈돌이 병원비를 부담했기에 이번엔 내가 부담하기로 하고 수술을 진행하기로 했다. 수술을 진행하기에 앞서 수술 동의서를 작성했다. 수술 시간은 원활하게 이루어지면 70분 정도 되고, 과정이 복잡해지면 더 오래 걸린다고 말씀하셨다. 꿈돌이와 마지막이 될지도 모르는 인사를 하고 사진도 찍었다. 우리 가족은 5분 정도 같이 있다가 꿈돌이를 두고 수술실에서 나왔다. 꿈돌이를 두고 나오면서 어머니는 눈에 눈물이 맺히셨다. 나는 꿈돌이가 잘 버텨줄 거라 믿었기에 눈물을 꾹 참았다. 우리 가족은 병원을 나오고 감정을 추슬렀다. 우리 가족은 오늘 하루 한 끼도 먹지 않아서 근처 식당으로 발길을 옮겼다. 나는 우리가 밥을 먹고 힘을 내야 꿈돌이를 보살필 수 있다고 말했다. 근처 식당에 도착해서 음식을 먹는데 계속 핸드폰만 보게 됐다. 꿈돌이 수술이 끝나면 담당 간호사님께서 연락을 준다고 했기 때문이다. 밥을 대충 먹고 집으로 향하던 도중 분위기가 침울해 노래를 틀었다. 그리고 핸드폰을 계속 확인하며 시간을 체크했다. 마음속으로는 수술이 빠르게 끝나 예상 시간보다 더 빨리 연락해 왔으면 좋겠다고 생각했다. 예정되었던 70분이 지나고 시간은 더 흘러갔다. 손에 땀이 나고 다리를 떨었다. 그리고 15분 뒤 누나에게 문자가 왔다.

"꿈돌이 수술 잘 됐습니다."

그제야 우리 가족은 안도의 한숨을 내쉬고 다행이라고 말했다. 집에 도착한 뒤 수의사님께 전화가 왔다. 누나가 전화를 받았고, 수술이 성공적으로 마무리되어 꿈돌이가 잘 깨어났다고 말씀해 주셨다. 그리고 꿈돌이 면회는 내일 오면 되고, 밥 먹을 때마다 10초가량의 동영상을 찍어준다고 말씀하셨다. 그날 우리 가족은 마음 놓고 잠에 들 수 있었다.

다음 날 아침 우리 가족은 꿈돌이를 보러 향했다.

면회할 수 있는 시간에 맞춰 면회를 신청하여 아침 일찍 보러 갈 수 있었다. 아침에 꿈돌이가 밥 먹는 영상을 보며 병원으로 갔다. 다행히 꿈돌이는 사료를 잘 먹었다. 병원에 도착해서 수의사 선생님의 설명을 들었다. 혈액 검사 결과 간 수치가 아주 높았고, 다른 수치들은 정상적인 수치도 있지만 안 좋은 수치도 있었다. 하지만 무엇보다 꿈돌이가 밥을 잘 먹는 게 제일 좋다고 말씀하셨다. 밥을 너무 잘 먹고 그릇까지 핥아먹는다고 말씀하셔서 기분이 좋았다. 설명을 마치고 꿈돌이를 만났다. 우리 가족이 오자 꿈돌이는 엎드려있다가 일어났다. 꿈돌이 등과 허리에는 딱지가 굳어 있었고, 털이 거의 없어 마음이 아팠다. 나는 유리문 앞에 꿈돌이를 향해 손을 뻗었고 꿈돌이는 건너편에서 냄새를 맡았다. 꿈돌이를 쓰다듬어 주고 싶어 얼른 회복하길 바랐다. 20분간 꿈돌이와의 면회를 마치고 다시 집으로 갔다. 우리 가족은 주말에 꿈돌이 면회를 다녀오며 보내고, 돌아오는 평일은 원래 휴가를 쓰기로 계획했기에 일주일 동안 병원을 왕래하며 꿈돌이를 만났다. 직장으로 돌아가는 날에는 꿈돌이를 만질 수 있었다. 꿈돌이를 꼭 안고 면회가 끝날 때까지 계속 쓰다듬었다. 꿈돌이 간 수치와 여러 수치는 상승과 하락을 반복했고, 밥은 워낙 잘 먹어 걱정하지 말라는 설명을 듣고 병원을 나왔다.

　나는 직장으로 돌아가기 위해 전주역으로 갔다. 그리고 전주로 왔던 기차를 타며 다시 용산역으로 향했다. 걱정을 안고 고향으로 왔는데 걱정을 내려두고 가벼운 발걸음으로 돌아갔다. 꿈돌이가 황달 수술을 마치고, 나는 매주 주말마다 꿈돌이를 보기 위해 고향으로 향했다. 꿈돌이가 집에서 잘 생활할 수 있도록 몸 상태를 회복해야 퇴원이 가능했고, 병원에서 2달가량 생활한 뒤 고대하던 퇴원을 할 수 있었다. 꿈돌이는 여전히 밥을 잘 먹고 배변도 잘한다. 어머니가 항상 꿈돌이를 안아주고 있어서 꿈돌이는 밥 먹을 때에도 안아달라며 짖는다. 나는 가끔 고향에 내려오면 꿈돌이와 산책했다. 예전처럼 나를 끌어당기며 뛰어가진 않지만 여유롭게 냄새를 맡으며 느긋해진 모습이 나쁘지만은 않았다. 요즘은 어머니와 보내는 시간이 많아서 어머니랑 같이 자면 서운하지만 그런 내 맘을 아는 건지 내가 일어나면 꿈돌이는 옆에 자리를 잡고 자고 있었다. 꿈돌이는 여전히 날 좋아하고, 나와 잠을 잔다. 글을 쓰는 이 순간에도 내 무릎에 앉아있다.

지금처럼 꿈돌이가 오랫동안 내 옆에 있었으면 좋겠다.

다시 돌아간다면

반려견을 키운다는 것은 아기를 키운다는 것과 같다.

반려견을 키울 때는 집에 혼자 두면 안 된다.

강아지는 사람 수명의 1/8을 산다. 내가 집을 3시간 비워두면 강아지는 24시간, 하루를 혼자 있는 셈이다. 강아지의 삶은 내가 느끼는 삶보다 훨씬 빠르게 느껴진다고 한다. 아무도 없는 집에서 반려견은 오로지 주인만을 기다린다. 요즘 많은 사람이 자취하며 외로움에 반려견을 입양하곤 하는데 최소 반려견 곁에 사람이 1명 이상 있어야 한다. 동물 관련 TV 프로에선 반려견을 혼자 두고 집을 나서면 분리불안 증상이 나타나 탈출하거나, 집안 물건을 물어뜯거나 찢은 사례도 있다. 당신을 애타게 기다리는 반려견을 혼자 두는 건 정말 미안한 일이지 않은가. 나는 꿈돌이를 혼자 두고 나간 적이 많다. 하지만 병을 앓고 나서는 절대로 집에 혼자 두지 않는다. 내가 만약 꿈돌이를 처음 만났을 때로 돌아가게 된다면 꿈돌이를 혼자 두지 않을 것이다. 아버지 직장은 해외에 있어 오랜 기간 집에 오시지 못했고, 어머니는 가정주부셨다. 누나와 나는 학교생활을 해서 집을 많이 비울 수밖에 없었다. 나는 집돌이라 학교가 끝나면 집에 콕 박혀있었다. 친구들과는 가끔 놀았다. 어머니와 누나는 밖에서 보내는 시간이 많으셨다. 그래서 내가 친구를 만나러 나가면 꿈돌이는 혼자 집을 지켰다.

반려견을 키우면 견종마다 다르지만, 아침저녁으로 최소 20분씩 산책을 해야 한다.

시간이 안 돼도 하루에 한 번 꼭 산책해야 한다. 그리고 얼마나 오랜 시간 얼마나 먼 거리를 산책했느냐가 중요한 게 아니라 산책하는 동안 내 강아지에게 얼마만큼 집중했는지, 또 얼마만큼 같이 활동했는지가 중요하다. 강아지와 교감하는 것이 좋다는 뜻이다. 나는 이 또한 지키지 못했다. 초등학생부터 지금까지 15년간 키우면서 최근 3년을 빼고는 산책을 거의 하지 못했다. 동물을 좋아하는 사람으로서 솔직히 정말 부끄러운 일이지만 내가 책임감이 부족했던 것 같다. 동물 관련 지식을 충분히 공부하지 않고 꿈돌이를 입양하게 되자 내가 행복한 감정만 있었고, 꿈돌이를 행복하게 해주진 못했다. 내가 성인이 되고 군 복무한 뒤에는 누나와 매일 1시간 이상 번갈아 가며 산책시켰다. 적어도 일주일에 5일~6일 정도는 꼭 산책한다.

반려견은 말을 하지 못한다.

성인은 아프면 말을 할 수 있지만 아기는 아프면 울거나 자기만의 표현한다. 반려견도 아프면 말을 하지 못하기에 행동으로 나타난다. 반려견이 평소랑 달라 보이는지 유심히 관찰해야 한다. 변의 색깔은 어떤지, 구토했는지, 밥을 잘 먹지 않는지, 유난히 잠을 많이 자는지, 발을 계속 핥는지 등 반려견은 아프면 평소와 다른 행동을 한다. 이것을 알아채지 못하면 반려견의 병을 키우는 것이다. 반려견이 이상증

세를 보인다면 괜찮아질 때까지 기다리지 말고 근처 병원에 전화하여 증상을 말한 뒤 내원하는 것이 좋다. 아기를 부모가 옆에서 지켜봐야 하듯 반려견도 주인이 계속 지켜보고 애정을 줘야 한다. 우리 꿈돌이가 아픈 증상을 보인 것은 설사하고, 배가 노랗게 변한 점이 증상이었다. 증상을 인식하고 하루 더 지켜봤다. 그리곤 자주 가던 병원에 전화하여 문의했다. 담당 수의사께서 바로 내원하라고 말씀해주셨다. 그렇게 황달 판정을 받은 것이다.

아기를 키우면 큰 비용이 소비되듯 반려견도 키우려면 큰 비용이 소비된다.

반려견을 키우려면 비용을 계산해보려 한다. 고정적으로 들어가는 비용은 미용, 사료, 병원비가 있다. 금액 산정은 최소한으로 계산해보았다. 미용비는 보통 3만 원, 목욕 추가 비용 1.5만 원 주기는 2달에 한 번 정도로 계산했다. 사료비는 아침, 저녁에 한 번씩 한 달로 계산했을 때 사료 한 봉지에 2만 원 미용비와 사료비 포함 한 달에 고정지출은 6.5만 원이다. 반려견을 처음 입양할 때 맞아야 하는 필수 예방접종이 있다. 종합예방접종, 코로나 장염, 전염성 기관지염, 개 인플루엔자, 광견병 등이다. 종합 백신은 5회의 기초접종을 하고 연 1회 추가접종, 코로나 장염 접종은 3회의 기초접종 후 연 1회 추가접종, 전염성 기관지염(켄넬코프)은 3회 기초접종 후년 1회 추가접종, 개 인플루엔자는 2회의 기초접종 후년 1회 추가접종, 광견병은 어린 강아지를 모든 접종을 마친 후 총 1회 접종을 하며, 이후 1년에 한 번씩 추가접종을 해줘야 한다. 비용은 회당 종합 백신 2.5만

원, 코로나바이러스 2만 원, 켄넬코프 2만 원, 신종플루 3만 원, 광견병 2.5만 원 정도이다. 접종 횟수는 차이가 있지만 최소한으로 계산했을 때 31.5만 원이다. 이후 접종은 필수가 아니기에 포함하지 않았다. 그리고 추가로 심장사상충 약, 반려견 등록비용, 간식비, 생활용품비는 제외했다. 꿈돌이는 모든 접종을 완료했다. 몰티즈 기준 평균 수명이 12~15년이다. 12년으로 비용 계산 시 입양 접종비와 사료, 미용비를 포함하여 계산하면 967.5만 원이 나온다. 12년이란 기간에 비해 많이 소비되지 않는다고 생각할 수 있지만, 병원비를 포함한다면 비용은 기하급수로 늘어난다. 종합검진을 하게 되면 최소 35만 원 이상이며, 검사 결과에 따라 추가 비용이 발생할 수 있다. 병을 진단받으면 수술비, 약 조제비, 입원비용이 들어가게 된다. 그리고 수술했다고 끝난 게 아니라 주기적인 혈액검사를 통해 약이 잘 맞는지, 회복은 잘하고 있는지 검사가 필요하다. 꿈돌이는 2주 간격으로 40만 원의 약값을 소비하고, 한 달에 한 번 40만 원의 혈액검사 비용을 들어간다. 지금은 간 수치가 안정되어 혈액검사 기간을 늘리고 있어 부담이 적지만, 초기에는 2주에 한 번 했기 때문에 큰 비용이 들었다. 그리고 신장과 간 전용 사료는 2종류가 있는데 꿈돌이가 잘 먹는 사료는 한 캔에 15,000원이고 2.5일을 먹는다. 한 달간 약 15만 원이 추가로 들어간다. 요즘은 강아지 보험이 있어 비용 부담은 줄어들 수 있지만, 보장 내용이 좋지 못해 가입하지 않는 사람도 있다. 만약 보험에 가입하게 된다면 보험료도 추가로 지출하게 된다. 나의 절친한 친구도 나와 같은 몰티즈를 키우고 있다. 친구의 반려견은 슬개골 탈

골로 인해 슬개골 수술을 했다. 우리가 사는 지역에는 MRI가 없어서 서울까지 가서 검사하고 수술을 진행했었다. 그 과정에서 약 400만 원의 수술비용이 들었다.

예비 반려견 주인들에게

반려견을 키우려면 고려해야 할 요소는 3가지가 있다.

첫 번째는 가족 구성원의 동의다. 반려견을 반대하는 사람이 한 명이라도 있으면 키우는 것을 고려해야 한다. 반려견을 키우길 반대하다가 입양 후 좋아지는 가족도 있지만, 반대를 무릅쓰고 입양했을 때 털 알레르기가 있거나, 집을 난장판으로 만들고, 너무 빠르게 성장하는 것을 보고 유기하는 사람도 많다.

두 번째는 금전적인 여유다. 꿈돌이 병원비를 계산하면 약 800만 원이다.

수술비 350만 원, CT 촬영비 60만 원, 혈액 검사 비용 40만 원씩 5번, 간 전용 약 40만 원씩 4번 총 800만 원가량 지출했다. 반려견은 아프면 기본 100만 원은 우습기 때문에 금전적인 여유가 없는 사람은 현실적으로 키우기 어렵다.

세 번째는 책임감이다. 반려견은 외로움을 많이 느낀다.

키울 때는 함께 많은 시간을 보내야 하므로 가족이 한 명 이상 집에 있어야 한다. 가족끼리 다 같이 외출할 때는 반려견도 데려가야 하지만 반려견 출입이 가능한 장소를 찾아야 한다. 생각보다 반려견 동반이 가능한 장소는 많이 없다. 그리고 가능한 매일 산책하러 나가야 하고, 양치질, 목욕 등 해야 할 일이 은근히 많다.

세 번째는 이별이다.

반려견의 수명은 12~15년이다. 20년을 살더라도 인간보다 먼저 세상을 떠나기 때문에 인간은 이별을 감당해야 한다. 나는 아직도 꿈돌이가 세상을 떠나는 것이 정말 두렵고 상상도 하기 싫다. 만약 꿈돌이가 세상을 떠난다면 동물은 키우지 않을 것 같다.

매년 유기되는 반려동물 수는 2021년 자료 기준 최근 3년간 연평균 12만 9,000마리다.

매일 353마리의 반려동물이 길에서 발견돼 보호소로 입소 되는 수치이다. 발견되지 않고 거리에 머무는 유실·유기 동물 더하면 그 수는 더 많을 것으로 예상된다. 심지어 매년 1~2만 마리가 증가하고 있다고 한다. 보호소에서는 보통 10일 내로 주인이 찾아가지 않는다면 새로운 가정으로 입양 보내거나 안락사한다. 2019년 기준 소유자에게 돌아간 경우는 12.1%에 불과하며, 새로운 가정으로 입양된 경우는 26.4%이다. 이외에 자연사(24.8%)와 안락사(21.8%)로 총 46.6%의 동물이 보호소 내에서 사망한 것으로 조사되었다. (파이낸셜뉴스 2021.07.07 기사 中) 매년 유기되는 동물들이 많을 것이라 예상했지만 이렇게까지 많을 거라곤 생각지 못했다. 반려동물이 따르고 좋아하는 것은 주인 하나뿐인데 그런 동물을 버리는 게 이해가 되지 않는다.

나의 인생 동반자 꿈돌이에게

　꿈돌아 어느덧 우리가 함께한 지 15년이라는 세월이 지나서 10살이던 내가 25살이 되었고, 1살 때부터 이리저리 뛰어다니던 너는 15살이 되어 잠을 많이 자고, 느긋해진 모습이야. 어릴 때는 앉아서 꿈돌아 하고 부르면 내 몸을 향해 달려들던 네가 그립지만, 지금은 차분하게 다가와 무릎에 앉고는 내 손에 턱을 괴는 모습도 좋아. 집을 비우고 돌아오면 휴지통을 다 엎어서 외출할 때는 쓰레기통을 모조리 높은 곳에 놓아둔 적도 많았지. 산책할 때는 아픈 몸 생각 못 하고 아무거나 주워 먹는 모습이 정말 미웠어. 이리 와! 하고 큰소리를 치면 기가 죽어 다가오던 모습이 귀여워 화가 금방 풀렸었지. 그리고 다른 개는 신경 안 쓰지만, 개가 다가오면 크게 짖고 달려들 것처럼 가는 모습이 질투가 많아 보여서 더 귀여웠어.

　비록 내가 개 주인으로서 산책도 많이 못 하고, 집에 혼자 두고 나가는 등 책임감을 느끼지 못했는데 그런 나를 제일 좋아해 주고, 내 인생의 반 이상을 함께 동고동락해 줘서 정말 미안하고 고마워. 최근에는 너를 잃을까 봐 걱정하고, 잘해주지 못한 일들이 많이 생각났는데, 나에게 기회를 주듯 큰 병과 싸워 이겨내 주니 정말 고맙더라고. 그동안 잘해주지 못했던 일들 반성하고, 최선을 다해 남은 시간 행복하게 해줄게. 앞으로도 지금처럼 오랫동안 내 옆에 딱 붙어 있어 줘.

　내 인생 동반자이자 친구인 꿈돌아 정말 고맙고, 사랑해.

도피의 또 다른 이름 도전

서원

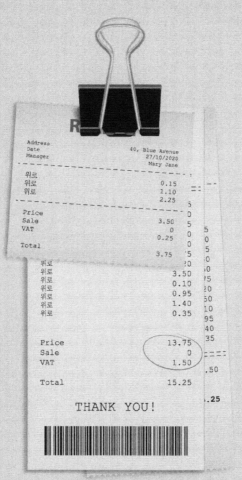

서원　자발적 도피자 서원입니다. 인간의 심리에 대해 배우고 고민하는 것을 좋아하며 현재는 인생을 한 템포 늦춰 살아가기 위해 노력 중입니다. 디지털 노마드 삶을 살고 있으며 잃어버린 인생의 주권을 찾아가는 중입니다. 이 글쓰기를 통해 과거의 일은 바꿀 수 없다는 것을 인정함으로써 앞으로 일어날 인생의 새로운 챕터를 기대하고 있습니다.

원인 불명

'도피'는 길 도(道) 자에 피할 피(避) 자를 쓰고 있다. 단어의 의미를 찾아보니 불안으로부터 피하고자 사람들이 선택하는 길이라고 한다. 또한 자기 자신을 부인한 채 아무런 불안도 느끼지 않고 생활하기 위해 선택하는 것이라고 한다. 도피에도 여러 가지 방향이 있다고 하는데 첫째, 자신을 보다 큰 집단에 맡겨버리는 것. 둘째, 자신을 괴롭히는 문제를 잊어버리는 것. 셋째, 한정된 공간에서 주체성을 찾고 거기에 만족하는 법을 알아가는 것이라고 한다. 마흔을 바라보는 내가 안정적인 직장과 살던 동네를 떠난 이유는 바로 나를 만족시키기 위해서이다. 나를 실망하게 하는 외부 자극에서 벗어나 한정된 공간에서 흐릿해진 자주성을 찾기 위해 나는 지금 한반도 가장 남쪽 섬 '제주'에 와있다.

누가 보면 큰 병에 걸렸거나 깊은 상실감에 빠졌나 싶기도 하겠지만. 그런 그럴싸한 특별한 사유는 지금도 과거에도 앞으로도 나에겐 없다. 평범한 30대 여성의 삶, 평일엔 회사에 나가 머리보다 몸에 더 자연스럽게 배어버린 일들을 쳐내고, 퇴근 후 유난히 고단했던 동료들과 오늘보다 나은 내일을 기약하며 의식을 치르듯 술로 마음을 달래고, 주말엔 오랜만에 옛 친구를 만나 수다를 떨다 집에 들어와, 지는 해를 보며 흘러가는 주말을 아쉬워하는, 다가오는 월요일 출근 스트레스를 받지만, 결코 지각하거나 결근하는 일은 없는 그런 성실한 직장인의 평범한 삶. 그래서인지 나의 결심엔 항상 입을 떡 벌릴 만한 특별한 이유 따위는 없었다.

그날도 특별함 따위 없을 그런 보통날이었다. 닷새간의 휴가를 마치고 다시 출근을 앞두고 있었다. 흘러가는 밤이 아쉬워 유튜브를 시청하다 잠든 덕분에 귀 옆에 핸드폰이 놓여 있다. 나에겐 턱없이 부족한 5일이었는데 알람은 푹 쉬었나 보다. 어느 때보다 좋은 컨디션의 우렁찬 소리로 알람이 울렸다. 나는 항상 알람음을 시끄러운 음악으로 설정하지 않는다. 안 그래도 힘든 아침인데 눈을 뜨는 순간부터 소리에 놀라 하루의 시작을 짜증으로 만들고 싶지 않기 때문이다. 그런데, 오늘은 달랐다. 조용하기로 유명한 유키 구라모토의 아름다운 피아노 선율이 일렉 기타 소리처럼 고막을 때렸다. 성난 마음을 가라앉히고 크게 심호흡했다. 눈을 떠 시계를 보니 새벽 5시 30분이다. 알람은 자기 할 일에 최선을 다했을 뿐인데 그렇지 못한 나와 비교되는 것 같아 괜스레 미워졌다. 아직 머리 위에 떠다니는 정신줄에게 돌아오라고 손 흔들다 보니 금세 15분이 지나있었다. 얼른 몸을 일으켜 최소한의 준비만 하고 집을 나섰다. 나는 매일 6시 28분에 오는 경의 중앙선 열차를 탄다. 그날도 컨베이어 벨트에 실려 가길 기다리는 부품처럼 2-4번 칸 앞에 줄을 섰다. 5분 간격으로 들어오는 서울의 지하철과는 다르게 경의중앙선의 배차간격은 20분 정도로 매우 잔인하다. 그래서인지 항상 술에 취해 막차를 타려고 서둘러오는 사람들처럼 잠에 취한 사람들이 달려오는 곳이다. 치열한 영역 다툼이 벌어지는 출근 열차에서 2-4번 칸은 내가 그나마 안전함을 느끼는 칸이다. 겨울은 두꺼운 패딩이 나에게 공간을 확보해 주지만 날씨가 풀릴수록 내 공간을 지켜내기 어려워졌다. 가벼워지는 옷차림과 몸에 열이 많은 사람의 땀 냄새는 여름이 오고 있음을 알려주고 있었다. 이 영역 다툼에서 나에게 2-4번 칸은 주둔지와 같았고 오늘도 최대한 몸을 웅크리고 내 영역을 만들어 출근 열차에서 나란 존재를 지켜내고 있었다. 휴가 동안 책상에 쌓인 먼지를 닦고 괜스레 정리된 책상을 다시 정리했다. 주간 회의에 참석해 팀장님에게 앞으로 진행할 일을 전달받고 있었는데 그의 말이 끝나기도 전에 머릿속에 '하기 싫다.'라는 생각이 들었다. 5일 동안은 하고 싶은 일이 참 많았는데 출근한 지 2시간 만에 다시 수동적으로 변한 내 모습이 실망스럽고 지겨웠다. 오후가 돼도 상황은 나아지지 않았다. 이산화탄소 과잉 현상이 일어난 듯 사무실 공기는 무거웠고 숨쉬기가 불편해 자꾸 한숨만 나왔다. 깜박이는 모니터에서 시선을 맞은편 창문으로 옮겨보았다. 통유리로 되어있지만, 회색 블라인드로 모두 가려 놓아 저게 콘크리트 벽인지 유리인지 구별도 되지 않는 걸 보니 더욱 숨이 막혀 가슴이 답답해져 왔다. 텀블러에 담긴 커피를 벌컥벌컥 마셨다. 잠시 내 호흡에 집중하다 보니 블라인드 사이 2센티 정도 되는 틈으로 밖이 보였다. 여름이 오는 걸 알려주는 적운이 햇볕을 받아 반짝반짝 빛이 나고 있었다. 적운이 보인다는 것은 소나기가 내릴 수도 있다는 이야기지만 오늘 하늘 표정은 그저 순수하고 거짓 없이 맑아 보였다. 오늘은 일교차가 크지 않기 때문에 대기 불안정 같은 검은 속내를 숨기고 있지 않은 적운임이 분명했다. (나도 참, 구름을 보고 적운이니, 소나기니 이런 생각이 들다니… 역시 직업병은 쉽게 고칠 수 없나 보다. 6년 동안 기상 정보만 들여다보았으니 이럴 만도 하다) 빛이 나는 구름에도 햇볕이 미처 닿지 못한 부분은 명도 6 정도 되어 보였는데 그 모습이 마치 지금의 나처럼 느껴졌다. 밝지도 어둡지도 않은 중성색의 나. 그 당시 나는 모난 곳 없이 어디에서나 잘 어울리며 다른 사람들의 특출난 개성을 받쳐주는 중성색처럼 지내고 있었다. 하지만 사실 속으로는 나와는 어울리지 않고 내가 있을 곳이 아니라고 생각하고 있었다. 딴 짓 단속반에 걸린 것처럼 울리는 업무 메신저를 보며 갑자기 그런 생각이 들었다. 디자이너란 마치 마법사 같아서 사람들이 원하는 걸 두서없이 얘기하더라도 결국 그들이 원하는 모습으로 만들어준다. 때론 터무니없이 뜬구름 잡는 이야기를 하지만 디자이너인 나는 그럴 때 역시 예술과 기술 사이를 오가며 결국 그들이 원하던 결과물을 만들어준다. 이 분야에서 나는 나름 잘 해내고 있었고 경력도 나쁘지 않게 잘 키워가고 있었다. 하지만 지금, 이 상태로는 더 이상 내 일에 즐겁게 임할 수 없었다. 이런 블라인드 벽 안에서 수동적으로 소모되고 싶진 않았다. 나는 색이 바래 비어버린 나를 채우는 것부터 다시 해야 한다 판단했고 그렇게 회사를 그만두고 사회의 컨베이어 벨트에서 떨어져 나왔다.

서울 생활을 정리하며 지인들에게 소식을 전했을 때 다들 처음엔 부러움의 시선으로 바라봤다. 제주도 한 달 살이 같은 자연 속의 평온함, 온통 초록 초록한 세상에서 느껴지는 평화로움 등등. 그들 나름대로 각자의 로망을 머릿속에 떠올리는 게 느껴졌다. 부러움 다음엔 이유를 알고 싶어 하는 시선으로 나를 모두 쳐다보았다. 나는 그들을 납득시킬 만한 이유는 없었지만, 그들의 시선에 화답하는 듯 그럴싸한 이유를 만들어냈다. 그제야 무감정한 동감의 말을 쏟아내며 나를 이해한다고 이야기했고 차가운 격려까지 얹어줬다. 내가 이 선택을 굳이 도피라고 말하는 이유는 이사를 결심하고 두 달 만에 모든 상황을 정리하고 내려왔기 때문이다. 급할 게 없었지만 떠나기로 결심한 이상 내가 얻을 앞으로의 시간을 아끼고 싶었다. 가장 걱정이었던 집을 정리하니 그 뒤는 돈만 있으면 쉽게 다 해결되는 일들이었다. 결심만 서면 하나 어려울 게 없는 일. 그렇게 우리 세 가족은 미세먼지 가득한 서울에서 한반도의 가장 외딴섬 제주로 오게 되었다.

도피의 시작점을 찾아서.

우리 집은 삼 남매로 나에겐 오빠와 여동생이 있다. 세 살 터울의 오빠는 항상 나보다 사춘기도 먼저 성인도 먼저 되었다. 세 살 차이밖에 안 났지만, 오빠를 보면 나와 전혀 다른 삶을 사는 것 같았다. 그리고 열 살 차이가 나는 여동생은 나를 일찍 철들게 한 주범이었다. 내가 초등학교 3학년 어느 날 꿈을 꾸었는데 가족여행을 가는 길이었다. 중간에, 휴게소에 들렀는데 갑자기 동물들이 마구 튀어나와 사람들을 공격했다. 우리는 철문이 있는 방을 향해 달려갔다. 엄마와 오빠가 들어가는 모습이 보였고, 내가 방에 들어서는 순간 암사자 한 마리가 뒤에서 달려들어 나의 뒷덜미를 물자 아픔에 놀라 꿈에서 깨버렸다. 엄마에게 꿈 이야기를 해주고 며칠 뒤 엄마는 갑자기 동생이 생겼다고 말했다. 아니 실토한 것 같다. 그때 동생은 아마 엄마 배 속에서 인간의 형상을 반 정도 갖췄을 때였다. 지금 생각해 보면 뒷덜미를 물린 게 동생의 뒤꽁무니를 졸졸 따라다니며 챙겨야 하는 운명적인 예지가 아니었나 하는 생각이 든다. 아무튼 지금도 이렇게 생생하게 기억나는 걸 보니 태몽이라는 건 참 신기한 꿈이다. 주변에서는 아직 태어나지도 않은 동생을 이야기하며 10년간 막내였던 나에게 '이제 너는 더 이상 막내딸이 아니니 의젓해져야 한다.'라고 말했다. 당시엔 그게 무슨 말인지 잘 이해하지 못했지만, 동생이 태어나자마자 바로 체득할 수 있었다. 하지만, 마흔을 바라보는 지금도 약간의 어리광이 남아있는 건 내가 막내로 산 10년의 습관 때문이지 아닐까 싶다.

내가 막내로 살던 삶에서 가장 크게 달라진 점은 아빠가 퇴근하고 집에 오면 항상 달려가 안겨 매달리던 걸 그만두게 되었다는 것이다. 누가 하지 말라고 한 건 아니지만 자연스럽게 간단한 인사로 아빠의 퇴근을 반겨주었다. 아마 은연중 언니로서 모범을 보여야 한다고 생각했던 것 같다. 10살 터울의 여동생이 있다는 건 정말 귀찮은 일이었다. 내가 중학생 때는 유치원생인 동생의 재롱잔치를 모두 가야 했고 내가 고등학교 때는 초등학생인 동생의 방학 숙제를 도맡아 해야 했다. 대학생이 돼서는 중학생인 동생의 공부를 봐줘야 했고 성인이 되어서는 고등학생인 동생의 입시를 같이 고민해 주었다. 나는 현재까지도 동생의 취업 준비를 같이 의논하고 있다. 아마 내가 엄마가 되는 순간엔 동생의 결혼에 대해 신경 쓰지 않을까 예상해 본다. 물론 이 세상의 모든 언니가 이렇게 동생의 인생에 참견하며 살진 않을 것이다. 독립적으로 '너는 너, 나는 나.' 이렇게 선을 긋는 자매 관계도 있을 것이다. 하지만 나는 그렇게 살지 못했다. 40대에 막둥이를 낳은 엄마와 아빠는 나와 오빠를 키울 때와는 확연히 다른 상황이었고 그래서 부족한 부분을 내가 도맡아 하게 되었다. 그렇게 아무도 시키지 않은 동생의 보호자 역할을 내가 자처해 맡아 하고 있었다.

그 시기는 우리 집의 최고 암흑기라고 해도 될 만큼 상황이 좋지 않았다. 내가 7살이 되던 해, 우리는 할머니 할아버지와 함께 살게 되었다. 물론 좋은 추억도 많지만 힘든 일도 많았다. 내가 초등학교 6학년이 되던 해 할머니는 뇌출혈로 쓰러져 수술하셨고 그 뒤론 계속 병원에 계셔야 했다. 할머니가 병원에 계시자 할아버지는 점차 건강이 안 좋아지셨다. 그렇게 할아버지를 모시는 것이 전부 우리 가족의 몫이 되었다. 다시 말해 엄마와 나의 몫이 되었다. 아빠는 회사에 다니며 아침에 출근해 밤이 다 돼야 퇴근하셨고, 오빠는 고등학생으로 야간자율학습 때문에 늦게 집에 왔다. 동생은 너무 어렸고 결국 엄마와 중학생인 나의 몫이 되어 있었다. 그때 엄마는 자그마한 가게를 운영하면서 할아버지를 전적으로 돌봐야 했는데 자식 3명과 할아버지를 모시는 일까지 더해지니 엄마의 몸도 슬슬 고장이 나고 있었다. 엄마가 컨디션이 안 좋을 때는 내가 할아버지 식사를 차려 드려야 했다. 음식을 따뜻하게 데워 드리면 되는 간단한 일이었지만 중학생인 나에겐 버거운 일이었다. 몇 해가 지나자 할아버지의 건강도 악화되어 결국 병원에 모시게 되었다. 그리고 엄마의 건강 역시 쉽게 회복되지 않았다. 그렇게 동생의 보호자 역할이 점점 더 나에게 크게 부여되었다. 주말엔 항상 온 가족이 같이 식사했는데 그때 모습을 떠올려보면 소파에 앉아 밥을 기다리는 아빠, 핸드폰 보며 누워있는 오빠, 그리고 이불 속에 자던 동생이 그려진다. 그리고 나는 항상 부엌에서 엄마를 도와주고 있다. 다섯 식구의 식사 준비는 밥그릇 5개, 국그릇 5개, 수저 5세트를 시작으로 굉장히 할 게 많았다. 나는 엄마가 힘들어하는 모습이 싫었다. 그래서 자연스럽게 항상 부엌에서 엄마의 심부름을 했다. 누가 시킨 것도 아니지만 아무도 도와주지 않는 상황이 불편했고 당연히 차려 주기를 기다리는 모습이 답답했다. 아마 속으론 나도 모른 척 누워있다 내 앞에 차려진 밥상을 원했을 수도 있다. 하지만 난 그렇게 하진 못했다. 그때나 지금이나. 아마 이런 시절을 겪어 불편한 상황에서 나를 희생해 해결하고자 하는 심리가 생긴 것 같다. 그래서 지금도 나는 어려운 일이 발생하면 항상 자신을 희생해 해결하려고 한다. 이런 습관적 희생은 회사에서도 마찬가지였다. 만약, 내가 엄마를 도와주지 않고 누워서 기다리는 것을 불편해하지 않았다면 지금 내 모습이 달라져 있을까? 그건 모를 일이다. 이런 성향은 내 안에 이미 자리 잡고 있었을 수도 있다. 그래서 나는 그 시절 내가 한 희생을 원망하진 않는다.

그렇게 나는 대학교 4학년 졸업 작품 전시회를 마치고 한 달이 채 지나지 않아 서둘러 서울로 취직했다. '취업해서 서울에 집을 구해야 한다'라는 말에 엄마는 내가 취업했다는 기쁨보다, '졸업도 아직 안 했는데 이렇게 빨리 엄마 품을 떠나야 하니?'라며 아쉬운 마음을 더 크게 보였다. 너무 갑작스레 집을 떠나는 나를 보며 걱정을 늘어놓았지만, 나는 취업을 해냈다는 보람과 집안일로부터 열외 될 수 있다는 해방감에 도취해 있었다. 집 떠나면 고생이란 말은 들리지 않았고, 드디어 동생의 보호자 역할과 엄마의 심부름꾼에서 탈출했다는 생각이 나를 설레게 했다. 당시엔 취업을 위한 어쩔 수 없는 독립이라고 받아들였지만, 그때가 나의 첫 도피 지점이었다.

스탠바이, 큐

나의 첫 직장인 A 방송국을 그만둔 지 벌써 8년이 지났지만, 아직도 나는 A 방송국에서 일하고 있는 꿈을 꾼다. 꿈은 항상 나를 무방비 상태로 생방송 1분 전에 떨어트려 놓는다. 방송 사고만은 막아보려 고군분투해 보지만 시간은 턱없이 부족하고 결과는 매번 똑같다. 사고 장면은 전파를 타고 전국으로 송출되고 부조에선 '날씨 왜 그래요?' 하며 나를 찾는다. 꿈이라고 하기엔 깨어나서도 감정이 남아있어 긴박한 기분과 뒤늦게 찾아오는 안도감은 쉽게 가시지 않는다. 남자들은 군대에 재입대하는 꿈을 꼭 한 번은 꾼다던데 그 꿈에서 깬 모두가 현실로 돌아온 자기 모습에 안도감을 느낄 것이다. 바로 나처럼 말이다. 아직도 이런 꿈을 꾼다는 게 징글징글하지만 그만큼 그 시절은 나의 내면에 강력하게 각인되어 있다.

그해 12월 서울은 내가 살던 남부 지방과는 차원이 다르게 추위를 물씬 뿜어내고 있었다. 빌딩 사이를 타고 오는 바람은 옷을 뚫고 들어와 뼈까지 시리게 만들었다. 처음 회사 건물에 들어섰을 때 건물이 줬던 압도적인 힘을 잊을 수가 없다. 입구마다 서 있던 보안요원들의 눈초리를 지나 내부로 들어오면 2층까지 이어져 있는 로비의 높은 층고는 마치 이 건물에서 일하는 사람들의 프로다움을 보여주는 것처럼 권위적으로 나를 짓눌렀다. 5m는 족히 돼 보이는 진짜 소나무 트리는 수많은 오너먼트에서 굴절되어 나오는 빛으로 자신의 존재를 뽐내고 있었다. 공간을 채우는 클래식 음악 또한 스피커가 아닌 로비의 한편에 마련된 피아니스트의 연주로 울려 퍼지고 있었다. 그렇게 나는 웅장함이 프레임 단위로 가득 찬 인생 첫 출근을 하게 되었다. 비록 이 회사를 떠날 때는 웅장함이 아닌 옹졸함만 남았지만 나에게 A 회사에서의 6년이란 시간은 꿈에 나올 정도로 아직 깊게 남아 있다.

  A 방송국의 보도국은 24시간 돌아가고 있다. 그래서 누군가 자리를 비우면 누군가는 빈자리를 채워야 하는 시스템을 가지고 있었다. 이런 방면에서 우리 팀은 보도국에서도 알아줄 만큼 팀워크가 뛰어났다. 팀원들 대부분이 첫 사회생활이었기 때문에 생각하는 방식도 고민하는 것도 매우 비슷했다. 그래서인지 서로를 위하는 마음도 각별했다. 하지만 그렇게 영원할 줄 만 알았던 시절도 끝은 있었다. 누군가는 더 큰 회사로 누군가는 다른 분야로 뿔뿔이 흩어졌다. 그렇게 빈자리를 새로운 사람들이 채워 나가기 시작했다. 기상 방송 준비는 굉장히 긴박하게 진행되는데 간단히 얘기해 보면 먼저 예보를 보고 캐스터가 원고를 쓴다. 나는 필요한 그래픽을 제작하고 프로그램에 데이터가 정확히 들어올 수 있도록 업데이트해 준다. 기상 방송을 본 사람이라면 알겠지만, 전국 날씨, 최저, 최고, 현재 기온 주간 날씨 등 체크해야 할 온도만 50개는 될 것이다. 하지만 이 과정은 보통은 30분 안에 다 이루어져야 한다. 여기에 비까지 내리는 날이면 예상 강우량에 강수 예상지도 등 확인해야 할 게 10개는 더 늘어난다. 그에 비해 방송 시간은 항상 정해져 있어서 예보가 바뀌는 시간엔 굉장히 긴박하게 진행된다. 모든 준비를 마치면 방송 스탠바이 신호가 뜨길 기다린다. 생방송 1분 전이란 PD 콜이 들리면 스튜디오에는 정적이 흐

른다. 마치 시간이 멈춘 것처럼 말이다. 그리곤 길면 2분 짧으면 1분의 방송을 하게 된다. 나는 이 일련의 과정을 하루에 4번 많으면 6번까지 진행했다. 그렇기에 항상 무언가에 쫓기는 듯한 기분이 들었고 확인하고 또 확인해야 불안하지 않았다. 한 번은 방송 전 모든 데이터 확인을 마치고 스탠바이를 하고 있었는데 갑자기 프로그램이 초기화가 되면서 모든 온도가 99도로 바뀌어 있었다. 노련한 기상 캐스터의 사과 멘트 덕분에 큰 문제 없이 방송은 마무리되었지만, 이 일을 계기로 스탠바이 할 때까지도 계속 긴장을 늦출 수 없었다. 일하는 동안에는 언제 터질지 모르는 시한폭탄을 들고 있다는 느낌이 계속 따라다녔다. 사람이 하는 일이기에 실수가 있을 수 있다는 말은 실수해 보지 않은 사람이 위로할 때나 할 수 있는 말이다. 우리는 그럴 때마다 사고가 날 상황이면 눈이 열 개 여도 막을 수 없다고 말하며 서로를 위로해 주었다. 사고는 이미 예견되어 있어 인간의 힘으론 막을 수 없고 우주가 하는 일을 한낱 사람이 대변하려고 하니 우주가 화를 내는 거라며 우스갯소리를 하기도 했다. 하지만 그렇게 사고가 나면 후유증은 꽤 길게 남아 며칠을 맘 졸이며 방송을 했던 것 같다. 하반기 개편을 앞두던 어느 날 회의를 하기 위해 모든 팀원이 모였던 날이다. 방송 일정 상 각자 근무 시간이 달라서 같은 팀이지만 몇 개월씩 못 본 얼굴도 있었다. 그래서 개편 회의도 할 겸 오랜만에 팀원들을 만나 근황을 나눌 생각에 당시 새벽 근무였던 나도 퇴근 후 다시 출근해 회의에 참석했다. 특별 편성 때문에 우리팀도 그것에 맞게 준비해야 했다. 몇 해 동안 계속했던 일이라 자연스럽게 업무 분담이 이뤄졌다. 그런데 갑자기 '새벽 근무가 힘이 드니 서원이는 개편에 신경 쓰지 마'라고 선배는 말했다. 나는 이래도 되나 싶었지만 '배려해 주셔서 감사합니다.'라고 했고 시원 찝찝한 마음으로 회의를 마무리했다.

그리고 며칠 뒤 새벽 4시에 출근한 나는 봐서는 안 될 판도라의 상자를 열어버렸다. 전날 야간 근무를 했던 후배가 공용 노트북에 메신저를 로그아웃하지 않고 퇴근해 아직 꺼지지 않은 대화창을 본 것이다. 대화 내용은 이러했다. 후배는 내가 개편에 빠져서 자신에게 일을 너무 많이 배정되어 힘들다고 선배에게 푸념을 했다. 그러자 선배는 '너만 알고 있어. 서원이가 계약 해지될 것 같아… 그래서 이번 개편에서 제외했어.'라고 말했다. 순간 머리가 멍해지고 손발이 떨렸다. 말로는 다 표현할 수 없는 배신감이 느껴졌다. 정작 내가 알아야 할 내용을 나만 모르고 있다는 게 어이가 없어 웃음이 나왔다. 당장 눈물이 흘러도 이상하지 않을 상황인데 너무 놀란 나머지 계속 헛웃음이 나왔다. 정신을 가다듬고 나니 점점 분노의 감정이 올라왔다. 출근할 선배를 붙잡고 당장 물어봐야 하나 아니면 다른 팀원한테 먼저 물어보아야 하나 누구든 붙잡고 왜 내가 계약이 안 되는 건지 따져 물어보고 싶었다. 만약 내가 매년 계약의 불안함을 느끼고 있었다면 이렇게 충격적이지 않았을 것이다. 하지만 지금까지 항상 계약 연장은 당연한 거였다. 팀원 중 누구도 계약 연장이 안 되는 상황을 겪은 적이 없었다. 내 안 엔 배신과 분노의 감정이 소용돌이치고 있었다. 그렇게 몇 시간을 정신적으로 폭주하다 보니 갑자기 마음이 허망해지면서 다 부질없단 생각이 들었다. 이제 와 이유를 알아서 뭐 할 것이며,

내가 이유를 알게 된다 한들 바꿀 수 있는 게 있을까 생각했다. 그다음은 내 안에서 잘못을 찾기 시작했다. 왜 미리 나에게 이야기 못 한 건지, 내가 뭘 잘못한 게 있는지, 내가 섭섭하게 행동한 게 있나 자책하기 시작했다. 그렇게 며칠을 고민해도 답이 나오지 않았고 나는 선배를 찾아가 대화를 나눴다. 그런데 돌아오는 답은 황당무계했다. '아직 정해진 건 없는데, 회사 분위기도 안 좋고 재계약 시즌이기도 하니깐… 아무개가 너무 힘들다고 징징대길래 그냥 조용히 시키려고 한 말이야. 근데 너 어떻게 알았냐?'라며 오히려 내가 알았다는 사실에 불편한 기색을 보였다. 그 말을 듣는 순간 며칠을 고민한 내가 한심했고 나에겐 6년간의 경력이 걸린 중요한 일이었지만 다른 사람에겐 핑곗거리로 쓸 수 있는 이야기구나 하는 생각에 이 일을 아는 모두에게 실망감을 느꼈다. 물론 지금의 나라면 그냥 웃으며 넘어갈 수도 있을 것 같고 오히려 '잘 좀 부탁드려요.'라고 아부를 떨어 볼 수도 있을 것 같다. 하지만 그때의 나는 그렇게 하지 못했다. 사회적 관계에서 신뢰를 넘어 동지애를 중요하게 여겼고, 첫 조직에 대한 기대가 컸던 만큼 실망도 컸었다. 나는 재계약 여부를 기다리지 않기로 했고 곧바로 회사에서 퇴사했다. 섣부른 결정이라고 하는 사람도 있었고 엉덩이 무거운 사람이 승자라며 끝까지 기다려보라고도 했지만 더 이상 이 사람들을 믿고 같이 일할 수 없을 것 같았다. 그렇게 나는 내가 가장 뜨겁게 일했고 자랑스러웠던 첫 직장의 마침표를 찍고 나왔다.

요즘 사회생활이 버거운 사람들이 '버티자 버티는 거야'라는 말을 많이들 한다. 나는 이 말을 들으면 왜 저런 이상한 말이 유행하는 건지 이해가 안 된다. 만약 모든 순간을 내가 버텨냈다면 과연 인생 방향이 달라졌을까? 아마 결과는 크게 달라지지 않았을 것 같다. 버티고 버티다 무뎌지기는 하겠지만 절대 해소되진 않기 때문이다. 회사에 공로상은 있어도 개근상은 없지 않은가. 버티지 않기로 하는 것을 포기로 착각하지 말자. 버티지 않는 길을 택한 새로운 전환점이다.

조용한 퇴사 생활

2014년 세월호 침몰 사고, 2016년 국정 농단, 2017년 장미 대선, 2018년 평창올림픽, 2018 남북 정상회담. 위 사건들을 모르는 사람은 대한민국엔 아마 없을 것이다. 뉴스의 시청률이 15%를 돌파하며 모든 국민이 드라마보다 뉴스가 재미있다고 하던 시절이었다. 매일 새로운 진실의 속보가 쏟아져 나왔고 사람들은 각자의 신념에 맞게 옳고 그름을 따져 물었다. 저 모든 날에 나는 B 방송국의 보도국 사원으로 사명감을 가지고 묵묵히 맡은 역할을 해내고 있었다. 독립투사도 아닌데 무슨 사명감까지 들먹이는지 의문을 가질 수도 있지만 아마 당시 보도국에 있던 모든 이가 자신이 역사의 한 획까진 아니어도 픽셀 한 칸 정도는 찍고 있다고 생각했을 것이다.

B 방송국은 이전에 근무한 A 방송국보다 큰 규모를 가지고 있었다.

나는 A 방송국을 그만둔 뒤 다시 방송국에서 일하는 것이 내키지 않았다. 하지만 화려한 백조로 흘러가는 20대 후반의 내 인생을 가만히 둘 순 없었다. 때마침 헤드헌터가 선거 방송팀원 자리를 제안해 주었고 별다른 준비 없이 면접을 보러 가게 되었다. 'OOO 헤드헌터는 내가 믿고 보지'라는 말과 함께 면접관은 바로 실무에 투입할 수 있는 인력이 필요하다며 굉장히 내 이력서를 꼼꼼히 살펴봤다. 기본적인 자기소개나 지원 동기 같은 질문은 하지 않았고 실무적인 내용 위주로 면접이 이어졌다. 방송국 경험이 있어 실무 관련 질문에 답하기는 어렵지 않았고 역시나 결과는 합격이었다. 그렇게 치를 떨며 나왔지만 결국 다시 방송국에 출근하게 되었다. B 방송국 보도국 생활은 생각보다 녹록지 않았다. 한정된 인원으로 3교대 근무를 했기 때문에 10일간 쉬지 않고 근무하는 날도 있었으며 어떤 달은 한 달에 4일밖에 쉬지 못한 적도 있었다. 그렇게 몇 개월이 지난 어느 날 인사담당자는 '몇 달 동안 서원이를 지켜봤는데 성격이 차분하고 꼼꼼해서 생방송 진행을 잘할 것 같아. 우리 더 오래 같이 일해보면 어떨까? 라며 새로운 계약을 제안했다. 지금이라면 무슨 개수작인지 의심부터 했겠지만, 그때 당시엔 '우리'라는 말에 희망을 품었고 '더 오래'라는 말에 꿈을 꿨던 것 같다. 비정규직 직원에게 이런 말 한마디는 마음속에 자리 한편을 내주게 되기 때문이다. 새로 계약하게 되면서 새벽 근무에도 투입되었는데 당시 경기도에 살던 나는 새벽 4시까지 출근하기 위해 새벽 3시에 일어나 매일 택시를 타고 회사에 갔다. 새벽에 택시에서 바라보는 자유로는 참 많은 감정을 느끼게 해줬다. 하루는 해 뜨기를 기다리는 달의 모습에 설렘이 느껴지기도 하고, 또 하루는 피곤함에 지쳐 해에 떠밀려지는 달의 고단함이 느껴지기도 했다. 그렇게 시간은 흘러갔고 어느덧 계약 종료일이 다가오고 있었다. 미리 눈치를 챘어야 했는데 이미 한번 당하고도 또 아무것도 알아채지 못하고 있었다. 남의 문제엔 세상 판사처럼 정답이 다 보이는데 정작 내 문제는 오답도 적지 못한 백지상태로 왜 항상 맞닥뜨리게 되는 건지 참 아이러니하다. 회사 측에서는 정규직이 아닌 개인 사업자로 전환하는 것을 제안했고 나는 자발적 하청업체가 되더라도 오래 다닐 수 있다면 상관없다고 생각했다. 하지만 온 우주의 힘으로 나의 계약 이야기는 수포가 되었다. 당시 다른 부서의 비정규직 직원들이 파업을 시작하면서 더 이상 추가 계약은 없다고 회사 방침이 내려진 것이다. 결론적으로 역시 인생은 자기 생각대로 되지 않는다는 진리를 깨닫게 해주었다. 처음 나에게 희망의 씨앗을 던져준 인사담당자분은 '아쉽지만, 더 잘될 거야! 이 회사가 너를 품기엔 네가 너무 크다'라는 책임감 없는 위로를 늘어놓았다. 뻔하디뻔한 도돌이표 변명은 결국 고용 연장은 어렵겠다는 떡밥들이었다. 너라면 무조건 연장될 거라던 선배들도, 선배는 여기 남아야죠. 하던 후배들도, 결정적 순간이 오면 모두 입을 닫았다. 커피잔에 피어오르는 연기처럼 결국 스쳐 가는 인연으로 또 한 번의 퇴사자가 되었다.

누군가는 이런 고용 악순환이 소수에게만 일어나는 일이라고 생각할 수도 있지만 현실은 그렇지 않다. 우리나라 지상파 3사 KBS, SBS,

MBC를 대상으로 조사한 자료 '2021 용역 연구 보고서, 고용노동부'를 살펴보면 방송국의 비정규직 인원이 정규직 인원보다 무려 1.8 배나 많다고 한다. 이 말은 즉, 임원급, 부장급을 제외하면 실질적 운영에 필요한 인력 대부분이 비정규직으로 이루어져 있다는 것이다. 내가 일하던 부서도 부장급 이상을 제외하고 실무를 담당하는 대부분이 프리랜서 또는 파견직으로 구성되어 있었다. 그래서 항상 누군가는 떠나고 누군가 새로 왔다. 학교도 아닌데 입학생과 졸업생을 매년 배출하는 모습을 보면 여기가 직업 훈련학교인가 생각이 들 때도 있었다. 그렇게 두 번의 강제적 고용 해지를 겪다 보니 내 존재 자체에 대해 고민이 들던 시기도 있었다. 하지만 그때마다 답은 명쾌했다. 이 불행에 대한 해답은 내 안엔 없다. 그래서 이 문제를 직면해야 할 이유도 돌파할 방법도 내가 가진 선택지엔 없던 것이다. 고로 이런 일은 누구에게나 일어날 수 있고 또 지금도 일어나고 있다. 현재에 내가 그때의 나에게 해주고 싶은 말은 힘 좀 풀고 살아도 된다고 그렇게 아등바등 살아 봤자 부질없다고, 가끔은 늦어도 조금 실수해도 인생은 크게 달라지지 않는다고 말해주고 싶다. 그리고 실수하지 않기 위해 꽉 쥐고 있던 주먹을 펴주고 싶다.

나는 C 회사에 입사하며 내 인생은 해피엔딩을 향해 가고 있다고 생각했다. 영화 결말의 뻔한 클리셰처럼 행복한 주인공 모습이 점점 작아지고 도시 전경을 보여주며 THE END 타이틀이 올라오는 그런 모습 말이다. 그동안 바라고 바랐던 정규직과 워라밸이 보장되는 근무 시간 그리고 경력에 맞는 연봉까지. 모든 조건을 이제 다 갖췄고 앞으로 나아가기만 하면 되겠다고 생각했다. 그렇게 다 준비된 것 같았다. 하지만 역시나 인생은 맘대로 흘러가는 법이 없지 않은가 이 정도면 마음먹지 않는 게 오히려 나을 것 같다. 그렇게 나는 C 회사에서 가장 최단기간 만에 퇴사했고 계약 만료가 아닌 사직서를 쓰고 나왔다. 구구절절 이유를 늘어놓을 수도 있지만 이번엔 그러지 않겠다. 그냥 그렇게 됐다. 똑같은 하루, 한 주, 한 달, 일 년을 지내다 보니 더이상 껍데기로 걸어 다니는 나를 두고 볼 수 없었고 그렇게 나는 비어버린 나를 채우기 위해 제주에 왔다.

지금, 바로 여기

제주에 오게 되면서 가장 달라진 점은 매일 아침 산책하러 간다는 것이다. 도심 속에 만들어진 공원이 아닌 근처 바닷길을 걷거나 여유가 있을 땐 오름에 가기도 한다. 서울에서의 아침은 항상 분주하고 피곤한 시간이었는데 제주의 아침은 하루를 잘 살아 낼 힘을 주는 원동력 같은 시간이 되었다. 집에서 바다로 나가는 길 양옆엔 밭이 쭉 펼쳐져 있다. 처음 이사를 왔을 땐 텃밭이 아닌 진짜 밭을 볼 수 있다는 게 신기했다. 그래서 트랙터로 밭을 가는 날이면 트랙터가 난장판 치며 흙을 들쑤시는 모습을 하염없이 쳐다보고 있었다. 그렇게 우리 집을 둘러싸고 있는 밭을 보고 있으면 계절의 변화를 느낄 수 있다. 바다로 나가는 길엔 10평 남짓한 밭이 하나 있는데 처음 봤을 때는 주인 없는 버려진 땅처럼 보였다. 마른 나뭇가지들이 마음대로 어지럽게 흩어져 있었고 땅도 뒤죽박죽이었다. 그런데 어느 날 라디오 소리가 들려 유심히 보았더니 나뭇가지를 치우고 계시는 할아버지를 발견했다. 굽은 허리를 하시고 힘들게 왜 저러시나 생각했다. 그렇게 몇 달이 지났을까 죽은 나뭇가지가 있던 자리엔 초록색으로 덮인 파가 자라고 다른 한쪽에는 보랏빛의 적배추가 자리하고 있었다. 분명 버려진 것처럼 생명이라 곤 찾아볼 수 없는 땅이었는데 인제 보니 꽤 쓸모 있는 땅이 되어 있었다. 이 모습을 보니 '아 여태껏 내가 내 인생의 땅을 가꾸지 않아 말라 버렸었구나!'라는 생각이 들었다. 우리는 외부적인 기준과 조건들에 인생을 맞춰 나가면 저절로 행복해지리라 생각한다. 나 역시도 그랬으니 말이다. 첫 직장에 취업하고 직업을 가졌으니 이제 행복해지겠다고 생각했고, 더 큰 회사로 이직했으니 경력을 잘 쌓고 있다고 여겼다. 안정적인 직장에 들어가 이제 기반을 쌓아 앞으로 나아가는 인생이 펼쳐질 줄 알았지만, 웬걸? 나는 지금 여기 제주에 와있다.

내가 찍어온 많은 마침표와 새로운 시작 사이엔 항상 공백의 시간이 존재했다. 그 시간을 되돌아보면 외적으론 달라진 것이 없지만 내적으론 내가 더 단단한 사람이 되길 바라며 새로운 나로 초기화되는 시간이었다. 그런 공백이 존재했기에 새로운 챕터를 시작할 힘이 생길 수 있었다.

여기로 떠나오기 전 친구들은 나의 선택에 '너무 무모한 것 아닐까'

라고 말하였다. 물론 누군가에겐 대책 없어 보이는 선택일 수도 있다. 성인이 된 후에야 깨달았는데 생각보다 나는 변화에 강한 사람이란 것이다. 어떻게 이렇게 되었는지 곰곰이 생각해 보니 아마 부모님과 보낸 어린 시절에 형성된 것 같았다. 우리 부모님은 내비게이션이 없던 시절 전국 지도 책 한 권을 들고 우리 셋을 EF 쏘나타 뒷자리에 태워 전국 여행을 다녔다. 애초에 도착지를 정하고 떠난 여행이 아니었기에 숙소도 정해져 있지 않았다. 차를 타고 가다 멋진 시골 정자를 발견하면 거기서 밥을 해 먹기도 하고 또 벤치에 앉아 잠시 쉬었다 길을 떠나기도 했다. 재미있는 이야기를 하나 해보면 강원도 고성을 지나다 한적한 해수욕장을 발견했었다. 인적이 드물어 해수욕장 전체를 전세 낸 것처럼 신나게 놀고 있다 보니 옆에 철책선이 보였다. 아무런 생각 없이 튜브를 타고 있었는데 알고 보니 철책 넘어가 바로 군사지역으로 민간인 통제 구역에서 놀고 있었던 것이다. 지금 생각해 보면 굉장히 아찔한 추억이지 않을 수 없다. 그렇게 우리 가족에겐 그 여행에서 잠시 멈춰 선 모든 곳이 행복한 추억으로 남아있다. 아마 이런 어린 시절의 추억 덕분에 나는 변화에 강한 사람으로 성장할 수 있었다고 생각한다. 성인이 된 후 엄마에게 위에서 말한 직장 문제를 이야기하면 '지금은 그게 엄청 큰일처럼 느껴지겠지만 살다 보면 이일, 저일, 별일 다 있다며 항상 살아갈 길은 있으니 인생을 길게 봐야 한다'라고 말한다. 아마도 엄마는 나에겐 괜찮다. 위로해 주지만 정작 본인은 속을 끙끙 앓고 있었을 것이다. 그렇지만 여전히 내 앞에서만큼은 항상 용기를 주고 있는 엄마다. 막연히 새로운 환경에 놓이기를 어려워하는 사람들이 있는데 나는 혜안을 가지고 계셨던 부모님의 덕분에 지금도 그런 두려움은 없다. 그래서인지 무언가 새로 시작해야 할 때 '과연 내가 이것을 해낼 수 있을까? 라는 의심을 해본 적은 없다. 처음엔 다 서툴고 실수할 수 있다. 그렇지만 곧 적응할 것이란 믿음을 가지고 있기 때문이다. 지금 제주의 삶 역시 그렇다. 이런 나 자신을 의지할 수 있는 믿음은 내가 살아가는 데 참 중요하게 작용한다.

요즘 채용 공고를 보면 '워라밸 보장'이란 말이 자주 등장하는데 워라밸은 'Work-life balance'의 줄임말로 '일과 삶의 균형'이란 의미이다. 과연 일과 삶의 균형을 조직이 개인에게 보장해 줄 수 있을까? 나는 불가능하다고 생각한다. 저 두 사이의 균형은 내가 찾아야 하는 것이지 조직이 제공할 수 있는 복지가 될 순 없다. 그래서 요즘 커뮤니티에 올라오는 글에서 '나는 워라밸을 보장받는 회사에 다니고 싶어'라고 말하는 사람을 보면 '그건 당신이 만들어 가야 할 균형이에요'라고 말해주고 싶다. 아무리 근무 시간이 짧고 개인 시간이 많더라도 일과 삶을 분리하지 못하는 사람이 있지만, 12시간을 일하더라도 남은 시간을 충분히 자기가 바라는 대로 사용하는 사람이 있다. 즉, 균형을 잡는 주체는 내가 되어야 하는 것이다. 그런 방면에서 보면 지금 나의 생활이야말로 워라밸이 보장되는 삶이다. 나는 제주에 와서도 여전히 일하고 있다. 예전보다 일하는 시간은 줄었지만, 작업량은 같다. 내가 일하고 싶은 시간에 정말 집중에서 하다 보니 더 높은 능

률을 보여주고 있다. 예전의 삶과 가장 많이 달라진 부분은 일을 마친 뒤에는 최대한 전자기기와 멀어져 생활하려고 노력한다. 단편적인 예로 과거에는 집에서 쉴 때도 멍하니 핸드폰을 하며 무분별하게 추천되는 영상을 보았다. 쉬면서도 계속 머릿속에 무언가를 받아들이고 있던 것이다. 하지만 요즘엔 그림을 그리거나 빵을 굽는다. 과거에는 항상 변하는 세상을 한순간도 놓치면 안 된다는 긴장감에 사로잡혀 살았지만, 지금은 내가 필요로 할 때만 긴장하고 집중할 수 있도록 만들어 나가고 있다. 15년이란 시간 동안 직장에 다녔지만 이런 일과 삶의 균형을 누군가 선물처럼 주기만을 바랐는데 그건 누가 줄 수 있는 것이 아니었다. 결국 내가 나에게 여유를 주지 않았던 나의 실수였다. 이런 사소한 변화에 적응하고 삶의 반경을 넓혀 가면서 조금씩 나를 만족시키는 방법을 깨닫고 있는 것 같다. 완벽히는 아니지만 조금씩 잃어버린 나를 찾고 있다는 느낌도 받고 있다. 이 글을 시작하게 된 이유도 많은 도피 시점으로 돌아가 제대로 정리해 보자 하는 생각에서 출발했었다. 당시 처했던 상황이나 느꼈던 감정을 글로 쓰고 나니 그때의 나를 더 잘 이해할 수 있게 된 것 같다. 그리고 내가 버티지 않는 도피를 선택한 모든 지점들이 나에겐 도전이었다는 것을 깨달을 수 있었다. 이 글을 다 읽은 당신이 한 번쯤 이런 생각을 되뇌었으면 좋겠다. 항상 변화에는 문제가 따라온다. 경제적, 사회적 기타 등등이 동반된다. 그렇다고 해서 변화 없는 삶에 안정이 보장될 것이라는 착각엔 빠지지 말아야 한다. 버티지 않기로 한 선택은 절대 성실하지 않다는 이야기가 아니다. 버티기로 선택했다면 그것 또한 당신의 선택이므로 존중받아 마땅하고, 버티지 않기로 한 선택 역시 존중받을 수 있는 선택이란 것이다. 우리에게 직면한 문제는 항상 초면인 게 문제지 않은가. 그것을 어떻게 헤쳐 나갈지 결정하는 주체가 바로 당신이어야 한다는 것이 내가 하고 싶은 이야기다. 인간은 태어나면서부터 불안을 가지고 태어난다고 한다. 자신의 불안을 마주할 수 있는 용기야 말로 온전한 나를 바라볼 수 있는 기회가 될 것이라 생각한다. 인생은 선택의 연속이란 말이 있지 않은가. 무한 선택의 굴레에서 GO 인지 STOP 인지 헷갈리는 당신에게 어떠한 실망 또는 책망이 아닌 꾸밈없는 지지를 보낸다.

에필로그

　나를 제대로 이해해 보기 위해 인생의 여러 지점으로 돌아가 기억을 더듬어 보았습니다. 현재의 내가 과거의 일을 떠올려보면 부정적인 기억이 먼저 떠올랐기 때문에 '도피'라는 단어로 글을 시작하게 되었습니다. 하지만 좀 더 기억으로 들어가 보니 힘이 되는 날도 있었다는 것을 깨달았습니다. 그동안의 직장 생활에서 얻은 사회적 지혜들은 학교에서 배울 수 없는 귀한 경험이었습니다. 그런 상황 속에서도 나를 지지해주고 위로해주던 사람들이 없었다면 지금처럼 단단해질 수 없었을 것입니다. 그래서 모든 과정이 도전이었다는 결론에 이를 수 있었습니다. '사람은 추억을 먹고 산다.'라는 말처럼 우리가 살아가며 기댈 수 있는 많은 추억을 만들며 살아가고 싶습니다.

DH편의점

김동호

김동호　　작가는 사회초년생 시절 편의점 알바를 오래했던 경험이있다. 하지만
어느순간부터 인간을 대체할 키오스크(무인계산대) 시스템이 사회전반
적으로 등장하고 있다. 2016년에는 알파고가 이세돌 9단을 이기면서
4차 산업혁명의 시작을 알렸고 더불어 첨단IT 기업의 영향력은 날로커
지고 있다. 저자의 미래에 대한 인간적 불안감을 편의점을 통해 나타내
보고자 한다. 소설 속 시간 설정은 2030년 이후 미래이다.

instagram : @7good_day

"숫자 코드가 중요해! 코드가! 이건 지금 꿈이 아니고 현실이란 말이다!! 일어나 어서!!"

실루엣만 보이는 어떤 물체의 고함소리를 듣고 잠을 깼다.

"아.. 꿈이구나.." 일어나보니 보육원 선생님이 팔짱을 끼며 시계를 가리켰다. 7시였다.

"아이씨… 6시에 일어났어야 했는데..."

자립 준비 청년이였던 나는 올해 안에 취업을 해야 한다. 올해 하지 못하면 보육원을 나가야 할 처지와 더불어 모든 지원이 없어진다는 경고 아닌 경고장을 받아 오직 취업 만이 목표였다. 하지만 걱정이 없었다. 나를 키워준 보육은 대기업 DH그룹이 사회복지 차원에서 운영하는 곳으로 정부와 제휴를 맺은 업체이다. 따라서 이 보육원에서 자란 청년들은 DH그룹의 계열사로 취업이 우선 보장되어 있다. 내가 보육원 앞에 있는 DH편의점을 지금까지 자주 애용 했었는데 다른 보육원 친구들처럼 마땅한 기술이나 자격증은 없었지만 늘 친절했고 서비스 정신이 투철하다며 보육원 선생님들에게 칭찬을 많이 들어서

DH편의점 정직원으로 들어가는 것을 목표로 삼았다. 여기서 정직원은 본사에서 일하는 자격으로 편의점 알바가 아니라 본사에서 편의점에게 도움 될 만한 서비스나 상품을 기획하고 각 점포에게 지시하는 직책이다. 우리 보육원 앞에 있는 편의점은 24시간이긴 했지만 8시~22시까지는 사람이 있고 22시~8시까지는 무인 편의점이 된다.

"하… 키오스크처럼 무인 편의점이 점차 늘어나겠지.."

이게 현 편의점 트렌드이니.. 이러 저러한 잡념들이 머리속을 휘젓고 있을 때 시간은 어느덧 9시. DH편의점 본사는 서울에 있어서 14시까지 서울에 가야 했던 나는 씻고 준비하고 어제 맞춘 멋진 정장을 입으며 KTX를 타고 서울로 향했다.

"잠시 후 우리 열차는 용산역에 도착합니다."

안내멘트가 흘러나오는 것을 듣고 눈이 번쩍 떠졌다. 13시 30분. DH편의점 본사에 입성하여 대기실에서 앉아있었다. 대기실 대형스크린에는 DH그룹의 소개가 흘러나왔다.

"DH그룹은 유통업 물류업 화학공업을 넘어 4차산업혁명에 발맞춰 IT 인공지능로봇 등 전통적인 상공업에 첨단 IOT기술과 융합하여 더욱 진화된 DH그룹으로 탄생하였습니다." DH그룹에 광고가 계속 흘러 나오고 있었는데 하얀 셔츠와 검정색 치마를 입은 여자 분이 걸어 나왔고 명찰에는 팀장이라고 쓰여져 있었다.

"자! 여러분 만나서 반갑습니다."

"저는 여러분들에게 면접에 대한 정보를 제공해드리는 팀장 최선희입니다."

"5명중에서 2명이 뽑히므로 아주 진지하게 임해주셨으면 좋겠습니다."

그녀의 목소리는 전혀 진지한 것 같지 않았고 오히려 활기가 넘쳤으며 이 곳에서 뽑힌 두 명은 6개월간 DH편의점 본사에서 인턴으로 일을 해야 하며 6개월 후 최종 1명이 정직원이 된다고 말했다.

"참.. 편의점 정직원이 되는 것도 이렇게 힘들 줄이야.."

라는 탄식을 하는 시간에 곧바로 1번을 면접실로 부르는 소리가 들렸다.

나의 번호는 5번.

마지막이라서 더 긴장이 된다. 한 명당 면접시간은 대략 5분정도였고 곧이어 2번이 들어갔다. 남색 정장과 체리색의 립스틱이 인상적인 4번 여성분이 내 얼굴을 보더니 면접준비는 잘했냐고 물어보았다. 한껏 긴장을 하고 있었지만 그녀의 질문에 잠시 긴장이 풀어졌다.

"아.. 뭐 그냥 긴장만 되네요.. 저는 효진이라고 해요. 김효진"

그녀의 향기로운 냄새가 내 주위를 품어주었고 곧이어 3번 면접자가 들어갔다.

"헐.. 이제 곧 제 차례네요…"

"파이팅 하세요! 준비하는 데로만 하면 잘할 수 있을꺼예요."

넋이나간 그녀를 보고 덕담 아닌 덕담을 하였다. 잠시 후 그녀가 들어갔고 나 역시도 식은 땀을 흘리며 잘할 수 있다. 라는 다짐을 속으로 되뇌었다. 그녀가 한껏 풀이 죽은 모습으로 터벅터벅 걸어 나왔고 나는 그녀와 짧은 눈인사를 하고 들어갔다. 면접관은 총 3명이었고 정적이 가득 찬 면접장에 앉았다. 곧이어 첫번째 면접관이 질문을 하였다.

"DH그룹 사회복지시설 보육원 출신이네요? 그럼 몇 살 때부터 보육원에 들어온 것이죠?" "기억은 안 나지만 5살 때 들어왔다고 원장님께서 말씀해주셨습니다."

"부모님에 관한 행방은 모르는 거죠?"

"네.. 부모님이 베이비 박스에 두고 가셔서 그때는 CCTV도 많치도 않았고 부모님도 연락이 없으시네요."

나의 가족이야기를 꺼내는 첫번째 면접관에게 불쾌감을 느꼈지만 그래도 담담하게 대답하였다. 이어서 두번째 면접관이 질문을 하였다.

"DH그룹에서 운영하는 보육원은 마음에 들었나요? 어떤 점이 가장 좋았고 불편했는지 여쭙고 싶네요."

"아.. 네.. 우선 부모님이 못해주신 사랑을 원장님과 보육교사 선생님들께서 많이 주셨던 것 같습니다."

"불편한 점은 밖에 나가서 놀면 외식은 절대 금지였고 늘 DH그룹에서 만든 음식을 먹어야 했다는 거죠."

곧이어 면접관이 대답하였다.

"아 그러셨구나. 많이 불편하셨겠네요. 저희가 최승일 군의 고충을 잘 전달하도록 하겠습니다."

곧이서 세번째 면접관이 질문을 했다.

"DH그룹 보육원 출신이면 저희 DH그룹 편의점에 입사하는 것에 가산점이 있다는 거 아시죠?

"네 알고 있습니다"

"DH그룹 편의점의 최근 트렌드가 뭘까요?"

이상한 질문만 받다가 예상되는 질문이 나와서 무척이나 반가웠다. 나는 곧바로 후다닥 무인편의점 이슈와 최근 트렌드를 준비해온대로 말하였다.

"아.. 승일군도 나랑 비슷한 생각이시네요. 수고하셨습니다." 그렇게 길게만 느껴지던 5분이라는 시간이 훌쩍 지나갔다.

"합격 통보는 내일 오전 10시에 보내드리겠습니다."

기나 긴 면접을 끝내고 다시 KTX를 타고 보육원으로 돌아갔다. 휴대폰을 만지작 거리다가 손이아파서 휴대폰을 내려놓고 열차안 모니터를 응시하였다.

"QS뉴스 임성중 앵커의 질문이 다른 색다른 시각입니다."

"엊그제 양충구에서 20대 신모 학생이 노숙자를 살해한 사건 기억하시죠?"

"글쎄.. 이 학생이 경찰 진술에서 본인은 살해한 적이 없다고 **뻔뻔**하게 거짓말을 하고 있다고 합니다."

"신씨는 어려서부터 가족이 없는 보육원에서 자랐으며 고등학교도 중퇴를 하며 막노동을 하며 살았다고 합니다."

"이렇게 배움이 부족하고 사회에 불만을 품은 신씨의 분노는 길거리에서 구걸을 하던 노숙자에게 향했고 결국 살인을 저지르게 되었다고 경찰은 보고 있습니다."

"세상에 이런 일이 어디에 있습니까.. 사이코패스 검사도 진행중이라고 하는데요. 정말 강약약강.. 기가막히는 세상입니다. 앞으로 수사 결과 지켜보도록 하겠습니다."

"다음 키워드입니다. FJ그룹 회장이 조폭에게 살해청탁을 했다는 의혹이 무죄로 나왔다고 하는데요."

"참말로.. 어떤 귀족노조 세력이 자유 대한민국을 먹여살리는 정의로운 기업총수에게 살해청탁이라는 말도 안되는 거짓말을 뒤집어 씌우는지 모르겠습니다."

"기업총수를 겁박하여 돈을 뜯어내려는 수작이 아닌지 의심스럽습니다. 이런 노조 조폭들의 쓰레기같은 싸움에 기업총수가 연루가 되었다니 한심합니다."

"기업이 성장해야 국민이 살고 기업이 잘되야 국가가 삽니다. 기업이 결국 지구와 우주를 탄생시켰다는 말입니다!"

"이게 기업우주론이죠. 하하.."

"FJ그룹의 총수가 풀려나면서 FJ그룹의 그룹도 급속도로 정상화되고 사업확장에 속도를 낼 것으로 보고 있습니다."

"FJ그룹과 DH그룹이 합병될 수도 있다는 사실이 있던데 찌라시겠죠!?"

"오늘 DH그룹 코스피는 어떤가요?"

모니터를 보고 있는 사이 벌써 역에 도착하였다.

그날은 매우 피곤해서 바로 침대로 향했다. "뿌지직. 삐빅."

"이 놈의 침대는 도대체 몇 년째 쓰고 있는 거야.."

눕자마자 잠이 들었고 이날도 이상한 꿈을 꾸었다.

"모든 것은 서로 연결되어 있다."

"자네는 누구인지 아나? 일어나 어서!"

삐빅 삐빅! 알림소리에 눈을 떴다.

"DH그룹 편의점 6개월 인턴에 합격하였습니다. 내일 오전 11시에 OT가 있을 예정이오니 면접장소로 다시 와주시길 바랍니다."

"본사 정직원 FC 되는게 왜이리 힘들지? 참 6개월을 일해야 본사 FC 지원자격이 생긴다니…" 비아냥 댓지만 그래도 합격했다니 신이 났다.

이 사실을 보육원 원장님에게 알렸고 원장님은 알 수 없는 미소였지만 어깨를 손으로 툭툭치며 고생했다고 하였다.

"DH그룹에서 우리 보육원 학생에게 무료로 제공해주는 원룸 숙소가 있네. 그곳에서 6개월간 머무르면 될 것이야. 어서 준비를 하게나."

나는 신속 정확하게 내 짐을 쌌다. 15여년을 함께했던 보육원을 떠나던 순간이었다. KTX 막차를 타기위해 짐을 챙기고 일어섰고 그동안 돌봐주었던 보육교사 선생님, 보육시설 동기들과 원장님이 마중을 나왔다.

"그래 무사히 잘 하고 와! 꼭 합격하고 와라!"

그렇게 KTX 막차 기차에 올랐다. DH그룹에서 제공해준 원룸은 이상하리 만치 우리 보육시설과 유사한 형태였다. 둔탁한 침대도 너무나도 새하얀 벽지도

"모든게 DH 세상이군."

"참.. 이번주는 너무나도 많은 에너지를 썼던 것 같아. 이제 푹쉬면서 에너지 충전좀 해야겠다."

곧바로 침대에 드러누워 잠을 청했다.

뿌찌직 삐익 턱! "이놈의 침대는 똑같네 똑같아!" 삐빅~! 삐빅~!

개운한 눈을 비비고 시계를 바라보니 7시였다.

"오늘은 그 괴기스러운 꿈을 안꿔서 다행이구만.."

출근준비를 마치고 신나게 출근을 하였다. 나한테 무인편의점에 대해 물어보았던 세번째 면접관이 기다리고 있었고 그 옆에는 나와 짧게 인사를 나누었던 효진씨도 있었다.

"DH그룹 정직원을 향한 첫걸음 편의점 인턴에 합격하신 것을 축하드립니다."

"오.. 효진씨도 합격했구나!"

"일단 점주인 저는 8시~15시까지 근무하고 15시~22시까지는 효진양이 22시~8시까지는 승일군이 말그대로 편의점 알바 하시는 것처럼 일하시면 됩니다. 평일만 일하시고 토요일 공휴일은 쉽니다."

"자. 우선 계산하는 법은…"

편의점에 관한 대략적인 수업을 하루만에 다 받고 바로 그 다음날부터 편의점에서 근무를 하게 되었다. 근무를 교대하기전 효진씨와 짧게 인사를 나누었고 그녀에게 호감을 느꼈던터라 번호를 교환했다.

그렇게 근무교대를 하고 편의점 이곳저곳을 둘러보았다.

"야.. 이게 아직도 파네… 질리도록 먹었었는데."

딩동! 그 순간 한 노인이 들어왔다.

"학생! 여기 박스없어!? 어!? 알바가 바꼈네?"

"네! 오늘부터 6개월간 일하게 되었습니다."

"아.. 맞지! 지난번 갸는 잘해갔고 DH그룹 편의점 본사 사무 정규직으로 취직했다고 좋아하더만 갑자기 사라져서 놀랬지.."

"아.. 그래요?"

"뭐 DH그룹에 잘 들어갔겠지.. 그나저나 박스없어?"

"네.. 오늘은 없네요."

"그려 수고혀~!"

박스를 주워서 파는 할아버지인지. 리어카에는 박스가 잔뜩 실려있었다.

딩동! 딩동!

"네 DH그룹 편의점입니다."

"담배 말레 하나주세요."

"말레요?"

"아.. 말보루 레드요."

"죄송한데 신분증 좀 보여주실 수 있을까요?"

"아.. 제가 점주님한테는 보여줬었거든요. 물어보세요!"

"죄송합니다. 신분증 없으면 구입이 불가능하세요.."

"네…."

고등학생으로 보였던 터라 점주님이 의심이 간다면 무조건 팔지말라고 하셨다. 그렇게 첫 근무가 끝나고 퇴근 후 나는 이불속에 파묻으며 효진씨에게 첫 근무 어땠냐며 문자를 보냈다. 효진씨는 진상손님이 몇몇 있어서 힘들었지만 괜찮다고 했다. 나는 곧바로 효진씨에게 처음 만난 순간부터 호감이 간다고 문자를 보냈고 곧바로 이불 킥을 했다. 잠시후 띠링~! 답장이 왔는데 효진씨도 나에게 호감이 있었다고 답장이 왔다. 효진씨의 나이는 나하고 같았다. 동갑내기였다!

나는 손을 하늘로 날라갈 것만 같이 기분이 좋았고 그날부터 바로 효진씨와 사귀게 되었다. 그렇게 점주가 모르는 사이 효진이와 주말마다 만나며 사내연애(?)를 했고 효진이는 이상하리만치 DH그룹 식당만을 이용했다.

"자기야.. 우리 DH그룹 편의점 옆에 국밥집 있더라.. 거기가서 한번만 먹어보자."

"그… 그래.."

내키지 않은 목소리였지만 국밥집 아주머니가 계속 편의점에서 일할 때 마다 와서 한번 먹어보라고 하여 이웃이기에 어쩔 수 없었다.

국밥을 먹으며 효진이가 말을 했다.

음.. 맛있네… 근데 좀 나한테는 입맛이 안맞는 것 같아..

효진이는 한두숟가락 먹다가 내려두었다.

"오빠 우리 편의점에 오는 박스할아버지 있잖아.. 박스할아버지가 로또번호라며 주고 갔어."

"100104DH4"

"이거 2010년01월04일 제조일자 아니야? 한참됐네.. 근데 나랑 나이는 같네! 근데 DH4는 뭐야?"

"제조일자를 로또번호라고 하다니.."

"아하하하. 그런가…?

그날 헛웃음을 지으며 헤어졌고 그날 밤 나는 엄청난 복통에 시달렸다.

"아이고.. 배야!!"

곧바로 숙소 관리자에게 달려갔고 관리자는 혹시 밖에서 뭐 잘못먹은거 있냐고 물어보길래 편의점 옆에 국밥을 먹었다고 말하자 탄식을 하며 다음부턴 DH그룹 음식 외엔 먹지 말라며 네모난 참기름 통에 담긴 노란 액체를 건넸다.

"이거 올리브유인가요?" 농담조로 말했고

"아하하하! 아니요! 복통에 좋은 약이니 꼭 원샷하세요!"

이상한 계란 썩은 냄새가 났지만 관리자가 시키는데로 코를 막고 들이켰다. 몇 분 후 신기하게도 복통이 싹 가셨고 편하게 잘 수 있었다.

다음날 효진에게 문자를 했고 효진은 그날 한두숫가락 밖에 안 먹어서 복통을 못 느꼈다고 했다.

출근시간이 되자 출근을 하였고 국밥아주머니가 고양이 간식을 사가며 국밥 맛이 어땠는지 여쭤보았다. 나는 국밥을 먹고 복통을 느꼈다라고 말하면 실망하실까봐 일부로 맛있었다며 거짓말을 했다.

"아이고 맛있다니깐 너무 고맙네."라는 말과 함께 밖으로 나가며 나비야~! 라며 길고양이를 부르는 소리가 들렸다.

아주머니의 소리와 함께 고양이들이 3~4마리가 달려왔고 아주머니는 고양이간식을 따서종이컵으로 소분하여 고양이들에게 나누어 주었다.

"어이! 아지매! 길고양이한테 밥주지 마요!"

뒷집에사는 할아버지가 길고양이 때문에 잠을 못잔다며 국밥집 아주머니와 실랑이를 벌이는 모습이 보였다.

"내 돈주고 내가사서 주는데 당신이 뭔 상관이야! 내돈내산이야! 내돈내산!"

그러자 담배를 뚫으려 했던 고등학생이 고양이를 보며 침을 카악 뱉고 지나갔다.

"이 자슥이! 넌 또 뭐야!"

"아이 아줌마! 동네 시끄럽네..""

"뭐.. 아줌마? 너 이자식 지난번에 우리 가게에서 술먹고 신고한 놈이제? 너 때문에 영업정지 당하고 벌금 물고 얼마나 피해를 본 줄 아나?"

"아니.. 그러니깐 신분증 검사를 했어야지!!"

"이 머리도 피도 안마른게!" "때려봐! 때려봐!"

그렇게 한참동안 지속되었던 실갱이가 끝나고 조용할 무렵 박스할아버지가 찾아왔다.

"안녕, 총각! 또 보네. 오늘은 박스 없는가?"

"아.. 할아버지 박스 오늘은 많네요! 근데 할아버지 효진이한테 로또번호라면서 번호준게 뭐예요?"

"아하하.. 그거 제품 생년월일코드여.."

"맞죠! 하하하! 과자 제조번호가 왜 로또번호예요.."

"아하하하 과자 제조번호 아니라고.. 총각! 나갈게!"

이상한 장난 같은 말만 반복하고 박스할아버지는 박스를 가져가고 떠났다. 퇴근 후 효진이에게 연락을 했지만 전화를 받지 않았고 톡도 받지 않았다.

"무슨 일이 생겼나..?"

걱정을 했지만 대수롭지 않게 생각했고 잠이 들었다. 다음날 출근을 하자 점주님이 앉아계셨고 효진이가 전화를 안 받는다며 출근도 하지 않았다고 한다. "지원서엔 주소는 기입하지 않았던걸로 아는데…"

그녀와 짧은 만남이었고 나 역시도 그녀에 집을 모른다. 그녀와 키스까지 했던터라 낯선 서울생활에서 만난 처음이었던 인연이었고 퇴근 후 집에 가서 펑펑 울었다. 너무 크게 울었는지 관리인이 문을 두드리며 별일 없냐며 걱정을 했다. 그렇게 짧은 만남이었지만 소나기 같은 첫사랑이 저물고 다음날 아무렇치도 않게 출근을 하였다.

비가 추적추적 내리는 그날 새벽.

박스할아버지가 비옷을 입고 문을 열고 들어왔다.

할아버지는 CCTV가 보이지 않는 사각지대에서 손짓을 하였고 나는 할아버지에게로 다가갔다.

"자네.. 효진양 어디있는지 아나? 자네 여자친구말이야…"

"할아버지가 그걸 어떻게..?"

"나야 뭐.. 맨날 돌아다니는게 일인데 데이트하는 것도 내가 못 본 줄 알겠나?"

"난 사실 DH그룹에서 연구원으로 일했던 박사였네.. 지금도 일하고 있고… 그런데 점주회장이 나의 작품을 전부 폐기하려고 눈에 불을 키고 있어. 그것은 잠자고 있으면서도 학습하고 꿈도 꾸며 감정과 인격이 있는 진일보한 존재인데 말이지."

"무…무슨 말씀이신가요?"

딩동! 딩동!

할아버지와 대화를 나누던 도중 점주가 들어왔다.

"에헴.. 오늘은 박스가 없네. 수고하게 총각!" 라는 말을 하며 조심스레 나의 손에 쪽지를 주고 황급히 떠났다.

점주는 지나가던 길에 비가와서 우산을 가지러 왔다며 우산을 들고 다시 나갔다.

쪽지를 펼쳐보니 내일 오전 9시 DH호수 4번길! 라는 글이 써 있었다.

그날 일이 끝나고 곧장 9시에 DH호수 4번길로 달려갔다. 하지만 1시간을 기다려도 할아버지는 오지 않았다. 집에 돌아가던 도중 공원에 달려있는 큰TV에 어제 새벽 3시에 DH편의점 사거리 부근에서 뺑소니 사건이 발생하여 70대노인이 숨졌다는 뉴스가 보도되었다. "서..설마 할아버지?"

그날 이후로 박스할아버지는 종적을 감추었고 편의점에도 오지 않았다. 나는 할아버지가 가져가려고 했던 박스들을 살펴보기 시작했다. 겉표지는 여느 과자와 다름 없는 박스였지만 그중 몇개는 내가 못본 박스들도 쌓여 있었다. 이런 것도 과자 박스인가?

"300301DH5 실패작 폐기"

"300401DH6 성공작 상용화 예정"

이상한 코드번호와 함께 쓰여져 있는 성공작과 실패작…

깨름직한 기분으로 퇴근을 하였고 그날 침대에 눕는 순간

"삐빅 치지이익~! 점검이 필요합니다." 라는 기계음 비슷한 소리가 침대 아래에서 속삭였다. 나는 곧장 침대 밑을 드려다 봤으나 어두워서 아무것도 보이지 않아 침대 매트리스를 힘껏 들어세우자 거대하고 파랗게 빛나는 네모난 철판이 깔려있었다.

"이…이게 대체 뭐지..?" 손으로 만지려는 순간 "충전기 점검이 필요합니다!" 라는 기계음이 들렸다. 나는 도저히 이곳에 머물러 있기가 두려워 그날 당장 야반도주를 하여 보육원으로 내려갔다. 기차를 타고 내려가면서 지금까지 있었던 사건들이 주마등처럼 스쳐지나갔고 마음이 혼란스러웠다. 보육원으로 걸어가던 도중 DH그룹의 대형 트럭이 내 옆을 지나갔다. 그리곤 보육원 앞에서서 커다란 박스들을 옮기는 모습이 포착되었다. 나는 본능적으로 숨고 박스를 가지고 들어간 사이 나는 트럭안에 실려있는 박스를 자세히 살펴보았다.

"300401DH6. 이.. 이건 편의점에서 봤던 박스인데?"

나는 보육원 담을 넘어 창문을 유심히 살펴보았고 원장님이 웃으며 박스를 뜯는 모습이 보였다.

"이번에 최신으로 나온 기종입니다. 한번 살펴보시죠."

원장님이 뜯은 박스에서는 사람과 크기가 비슷한 물체가 나왔다.

"자율모드를 꺼야겠군… 어디보자.. 300401DH6*" 원장님이 박스의 번호를 목뒤에 입력하기 시작했고 입력이 끝나자 "수동모드로 전환합니다. 관리자를 설정해주세요."

"뭐.. 뭐야 로봇이야?" 나는 이 사실이 믿기지 않았고 놀라 빨리 보육원에 담을 넘어가려고 뛰어넘으려고 하자 누군가 내 다리를 덥석 잡았다.

"승일아! 내가 편의점에서 취업 잘하라고 했지!" 라는 소리와 함께 다리를 잡아당겨 넘어뜨렸다. 넘어진 충격으로 정신이 혼미해지고 눈을 감으려는 순간 원장님의 얼굴 실루엣이 보였다. 눈을 떠보니 보육원 안이였고 점주도 미소를 지으며 같이 서있었다.

팔다리를 아무리 움직이려 해봐도 움직이질 않았다. 그리고는 원장님이 말했다.

"걱정마.. 기억은 다 지워질꺼야. 더 좋은 모델이 나와서 널 어떻게 재활용할지 모르겠다."

"무슨 말씀이세요? 원장님!?"

"야.. 로봇이 아직도 그걸 파악 못했어!? 우리 보육원은 로봇이 만들어지면 학습을 시켜주는 일종에 로봇 보육원이야.. 로봇이 감정도 없다고 했지만 너는 편의점 테스트 결과 감성이 충만한 로봇이야. 아니지 감정만 충만한 로봇이지.. 하지만 DH6모델은 달라. 인간의 이성과 감성을 모두 가진 로봇이지!" 곧바로 점주가 말을 이어나갔다.

"DH그룹은 오랫동안 로봇을 연구 했다네.. 하지만 인간과 완전히 같아지려면 결국 인간과 비슷한 환경에서 학습을 해야지. 빅데이터 머신러닝 알고리즘으로는 한계가 있어.. 직접적인 경험을 통해 학습하는 것이 더 인간적이지 않아? 이제 무인 편의점을 넘어 인공지능 편의점으로 DH편의점은 그렇게 바뀌게 될꺼야!"

"배터리가 1% 남았습니다."

"그러게 왜 침대에 눕지 않았어! 그것은 충전기란 말이다!"

"가장 걸림돌이 배터리 충전하고 톱니바퀴 윤활유인데, 윤활유는 DH그룹 식품에 다 들어있고 배터리 용량을 좀 늘려야겠구만.." 원장이 말했다.

"그나저나 도망간 효진 로봇하고 감옥에 들어간 신명식 로봇 폐기해야 하는데 어떻게 해야 될까요?"

"효진로봇은 CPU에 심어 놓은 위치추적이 안되나?"

"네.. 꺼진 것 같습니다."

"그 영감이 해제 해준 거 아니야!? 암튼 늙다리 연구자들은 다 잘라버려! 지난번에도 그렇고 문제만 일으키잖아!"

"감옥 경험은 AI에겐 특이한 경험이니 계속 진행시키자고."

"일단 이놈은 살인죄로 엮어서 신명식과 마찬가지로 감옥에 보내버리고 효진 로봇부터 찾자고 당장!"

"배터리가 부족하여 시스템이 종료됩니다."

"안녕하십니까? 임성중 앵커입니다. 방금 들어온 소식입니다. 양춘구에서 70대 노인을 뺑소니치고 달아난 운전자가 검거되었습니다. 20대 최씨라고 하는데요. 그는 취재진의 질문에 기억이 나질 않는다며 뻔뻔한 거짓말을 하고 있습니다. 같은 지역에서 또 살인 사건이라니.. 무섭습니다. 무서워.. 다음 속보입니다."

"DH그룹에서 세계 판도를 바꿀 인공지능을 출시한다고 합니다. 로봇하면 딱딱한 이성으로 가득 찬 것으로만 생각하는데 아니라고 합니다. 이성과 감성 말그대로 인간이 직접 경험한 모든 것을 학습하며 머신러닝의 끝판왕을 보여준다네요. 참 기대가 됩니다."

눈을 떠보니 철창 안에 있었고 희미한 빛이 나의 눈가에 비춰주었다.

"이제 일어나셨네요? 반갑습니다. 542번이네요? 감방 동지 신명식입니다."

"네.. 안녕하세요.. 여긴 어디죠? 기억이 나질 않네요.."

"그 개자식들 또 리셋을 했나 보구나.. 걱정하지 마세요. 제가 복구시켜 드릴께요."

"542번!" 교도관이 내 번호를 부르는 소리가 들렸다.

"친구가 면회 왔습니다. 가 보시죠."

"치…친구요?"

감방을 나와 면회실에 들어갔고 모자를 푹 눌러쓴 여성이 앉아 있었다.

"승일아!"

물건의 마음

오소리

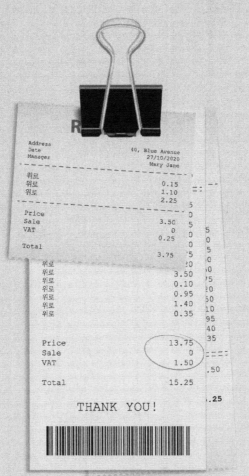

오소리   수도권 종합병원 일하고 있는 4년 차 직장인이다. 작가는 실제로 편의점이 함께 있는 지하철역 주변의 오피스텔에서 거주하는 중이다. 8년째 자취를 하고 있지만 요리를 잘 하지 못하여 주로 편의점 음식을 매우 자주 먹는 편이다. 또한 지금까지 총 세 번 거주지가 바뀌었는데, 그곳들이 모두 편의점이 함께 있는 오피스텔이나 상가 건물이었고 때문에 브랜드 별 편의점의 음식을 아주 잘 알고 있는 편이다. 그리고 사람에 대한 호기심이 강하여 늘 주변에서 무슨 일이 일어나는지 관심이 많고 그들이 하는 말과 행동에 대하여 주의를 기울이고 있는 편이다. 이 글도 작가의 이러한 성격이 반영된 글이다.

내가 일하고 있는 이곳은 200세대 이상이 살고 있는 오피스텔의 상가 건물1층이며, 한강역 7번 출구 20m 앞에 위치해있는 만물상.

바로 편의점이다.

나는 이곳에서 새벽에 파트타임으로 일을 하며 돈을 벌고 있다.

이 편의점의 특징은 위에서 말했듯이 오피스텔 사람들도 많이 오고, 역을 오가는 사람들도 많이 온다. 그냥 매우 바쁘다는 것이 특징이라는 말이다. 나 또한 이 오피스텔의 입주자인데, 얼마 전 다니던 회사가 어려워져 부도가 났고 나는 권고사직을 당하며 강제로 백수가 되었다. 당장의 월세를 내야 했던 나는 아르바이트라도 해야 했고 그러던 중,

〈한강역 cu 구인 / 모집인원 1명〉

역을 나와 오피스텔로 들어가는 길에 편의점 문에 붙어있는 구인 광고지를 발견하여 바로 전화를 걸어 이력서를 냈고 면접을 봤다. 이

러한 이유로 모두가 잠든 새벽 3시, 이 카운터에 내가 앉아있게 되었다. 우리 편의점은 내가 앉아있는 카운터를 기준으로 왼쪽, 오른쪽에 각각 문이 있으며, 오른쪽으로 나 있는 문은 한강역 7번 출구를 바라보고 있고 왼쪽으로 나 있는 문은 오피스텔 흡연구역을 바라보고 있다. 역을 바라보고 있는 오른쪽 문 밖에는 파라솔과 앉아서 쉴 수 있는 의자와 테이블이 있는데, 이 새벽에는 보통 술 취한 사람들이 앉아서 쉬다가 간다. 언제까지고 파트타임으로만 일할 수 없기에, 야간 시간에만 아르바이트를 하고 낮에는 공부를 하거나 면접을 보러 다니고 있다. 테이블을 박박 닦고 들어오는 길, 문에 비친 내 얼굴 너무나도 수척했다. 밤낮이 바뀐 생활을 몇 개월 하지 않았는데 세월을 이렇게 정통으로 맞다니 ... 사람에게 잠이 이렇게나 중요하다고 생각을 하고 있는 와중에,

띵동

나만큼이나 창백하고 수척한 얼굴을 한 여자가 들어왔다. 지금 퇴근하는 건가? 원래 이 시간에 오시는 건가? 호기심이 많은 나는 편의점에 오는 사람들을 관찰하곤 하는데, 이 분은 주로 새벽 늦은 시간에 와서 초콜릿이나 초코우유를 사 가곤 하신다. 무슨 일을 하는 사람인지는 잘 모르겠지만 단 음식을 매우 좋아하시는 분이라고 기억하고 있다. 그런데 오늘 그녀는 과자 코너, 냉장 코너를 차례로 돌고 빈손으로 카운터로 들어오며

" 어... 저거 주세요 ." 했다.

담배였다.

"라이터도 드려요?" 내가 물었다.

"아... 네 라이터도 같이 주세요."

"5100원 입니다"

"네"

여자는 주머니에서 지갑을 꺼내어 계산했다.

"안녕히 가세요."

띵동

이 오피스텔 내에서는 흡연을 할 수 없다. 건물 전체가 금연구역이기 때문이다. 흡연자들은 건물 밖 정해진 흡연구역에서만 담배를 피울 수 있는데, 여자는 엘리베이터 앞에서 잠시 망설이다가 건물 밖으로 나가는 문 앞에서 또 한 번 망설이다가 쭈뼛쭈뼛 흡연구역으로 걸어갔다. 흡연구역 구석으로 느릿느릿 걸어간 그녀는 서툴게 담배의 포장지를 벗기고 한 가치를 입에 물었다.

탁탁

그녀는 힘주어 라이터 바퀴를 돌렸다.

라이터도 만질 줄 모르면서 담배를 사셨네 ...

몇 번의 헛바퀴를 돈 라이터에서 작은 불꽃이 만들어지고 그녀 앞에 뿌연 연기가 생기기 시작했다.

그 모습을 보니 나는, 내가 4년 전 첫 직장에 입사했을 때가 생각났다. 졸업 후 가족과 친구들의 응원을 받으며 몇 단계의 면접과 시험을 통하여 직장의 정규직으로 입사한 나는 '좋은 조건이니까 열심히 해봐.'라는 주변의 무거운 조언을 등에 업고, '나는 누구와 어떤 일을 하게 될까, 내가 무엇을 만들까?' 하는 두근거리는 마음도 가슴에 안고 입사했던 것 같다. 등과 가슴에 큰마음들을 안고 있어서였던 건지, 나는 등에 너무 무거운 짐을 실은 낙타처럼 좀처럼 앞으로 나아가지 못하고 비틀거렸다. 업무도, 인간관계도 생각처럼 흘러가지 않았다. 의도적으로 업무에서 배제시키고, 사람들에게 나에 대한 안 좋은 얘기를 퍼뜨리며

"호성씨, 그렇게 일하면 여기 있는 사람 아무도 호성 씨랑 말 안 섞을걸?"

이라는 무시무시한 왕따 선포 발언을 하며 나를 2년간 괴롭게 하였다. 그 시간을 보내며 나는 어린 시절에도 호기심조차 갖지 않았고, 군대에서조차 피우지 않았던 담배에 손을 대게 되었다. 지금의 내가 저 말을 똑같이 들었다면 한 귀로 듣고 한 귀로 흘렸겠지만 사회 초년생이던 나는 무방비한, 말랑거리는 요거트와 같았다. 그 선임과 일하는 2년이라는 시간은 플레인 요거트를 그릭 요거트로 만드는 시간과 같았다. 플레인 요거트는 우리가 익히 알고 있는 흐물거리고 둥글둥글하고 목 넘김이 부드러운 단 요거트이다. 그 요거트를 오랜 시간 숙성하고 안에 있는 유청을 빼면 딱딱하고 만지면 만지는 대로 모양이

만들어지는 시큼한 그릭 요거트가 된다. 부드러운 요거트에 무거운 유리병을 올려놓으면 유청이 떨어지며 딱딱하게 굳는 것처럼 첫 사회생활은 아주 긴 시간 은근하게 날 눌러 납작하게 만들었다. 내가 납작해진 그릭요거트처럼 딱딱해지는 그 기간동안 선임은 결혼을 하고 아이를 낳았다. 그 사람이 육아휴직에 들어가고 나는 조금 편하게 일을 했던 것 같다. 웃는 날도 점점 많아졌고, 담배도 자연스럽게 끊게 되었다. 그러던 중 육아휴직에 들어간 선임에게 메세지 하나가 왔고 그 메시지는 나를 다시 흡연하는, 유청 빠진 딱딱한 요거트로 만들었다.

"호성 씨, 내가 의도치 않게 업무 외의 영역에서 호성 씨를 힘들게 했다면 미안해."

나는 이 메시지를 받고 끊었던 담배에 다시 손이 갔다. 허무라고 할 수 있는 감정을 느꼈던 것 같다. 몸에 있는 힘이 다 빠져나가는 느낌이었다. 사실 나는 그 때 왜 그랬는지, 왜 그런 일이 일어났는지 답을 찾으려고 오랜 시간 고민하고 노력했다. 모든 일에는 이유가 있다고 생각한 나는, 이유를 알아야 그 상황을 받아들일 수 있었기 때문에 나의 잘못을 찾기 위해 매일 하루의 기억을 더듬던 날들을 보냈던 것 같다. 어느 부분에서 선임과 핀트가 어긋난 건지, 이유를 찾아야 벗어날 수 있고 나에게 벌어지는 이 일들이 납득이 될 거 같았다. 2년간 나는 끝내 답을 찾지 못했고 그렇게 그녀와의 관계가 흐지부지 마무리되었다. 이런 과정들을 겪으면서 어떤 일들에 대해서 명확한 이유를 설명하지 못하는 일들이 있다고 몸으로 느꼈던 것 같다. 어떤 일에서는 이유를 중요하게 생각하지 말자고 24살의 김호성은 다짐했다. 정말 그렇게 받아들이니까 괜찮아졌다. 표면적으로라도 괜찮아진 것이었다.

그런데 미안하다니, 의도치 않았다니. 그 사람은 알고 있던 것이다. 내가 힘들어한다는 것을, 이유를 찾으려고 했다는 것을.

그 메시지를 받고 무언가에 질린다는 생각을 처음 하게 되었던 것 같다. 처음 담배를 피우게 했고, 끊게 했으며 다시 시작하게 했던 그 사람을 대하는 내 표정이, 질린다는 느낌을 알아버린 그때의 내가 오늘 담배를 사 가며 만질 줄도 모르는 라이터를 돌리던 그녀의 표정과 비슷했을까? 물론 옛날 일이고 그때의 기억이 어떤 부분에서는 나에게 좋은 양분이 되었던 것은 맞다. 마치 부드러운 요거트도, 딱딱한 그릭 요거트도 누군가의 취향에 맞는 것처럼, 용도에 따라 다르게 쓰이는 것처럼. 나는 그 경험을 갖고 다른 사람들이 나와 똑같은 고민을 하지 않게 하고 싶다는 생각을 갖게 되었고 그 후에 직장생활을 하는 데 많은 도움이 되었다. 그래도 가끔 저런 얼굴을 보면 그때가 떠오르는 건 어쩔 수 없나 보다.

나는 그녀에게 오늘 무슨 일이 있었는지 알 지 못하고 묻지도 못한다. 평소 단 것만 먹던 그녀가 담배를 샀다는 이유로 오늘 힘든 하루를 보냈다는 것이라고 단정 지을 수도 없다. 그래도 그녀가 다시 담배를 사 가지 않았으면 좋겠다. 수척하고 아픈 얼굴로 라이터를 사 가지 않았으면 좋겠다. 담배 말고 맛있는 밥이나 초콜릿을 사 갔으면 좋겠다고 생각했다.

나는 운동을 싫어한다. 또한 최근 백수 생활을 시작하고 살이 쪄서 몸이 무거워졌다. 밤낮이 바뀌고 생활패턴이 망가지면서 몸도 바뀌기 시작한 것이다. 감량의 필요성을 느끼고 호수공원 러닝을 시작한 지 4일 차다. 오피스텔 주변이라 그런 지 출퇴근 길에, 마트에서, 편의점에서 일하면서 얼굴이 눈에 익은 사람이 몇 명 있는데 거의 울면서 러닝 하는 형이 한 분 계시다.(일단 나보다 몸이 좋으시기 때문에 형님이라고 칭하겠다.) 저렇게 울면서까지 뛰어야 할까? ... 할리우드 파파라치 사진에서 울면서 러닝 하는 연예인을 봤는데 저 형을 보면 딱 그런 느낌이 든다. 운동을 정말 좋아서 하는 걸까? 하는 생각이 들기도 하고. 그리고 편의점에 오시면 꼭 주류코너, 과자 코너, 아이스크림 코너 등을 아주 오랫동안 돌고 보시면서도 마지막에 카운터에 내려놓는 물건은 꼭 닭가슴살 꼬치 아니면 단백질 음료다. 요즘 편의점에 통 안 오셨는데 몸 좋은 우리 형 오셨으면 좋겠다 보고 싶다!

띵동

"어서 오세요."
나이키 운동복을 갖춰 입고 모자를 눌러 쓴 형이 들어오셨다!
"어서 오세요."
오늘도 여느 날과 다름없이 음료 코너, 주류코너, 과자 코너를 둘러

보고 아이스크림 코너까지 보고 결국 냉장 코너에 닭 가슴살 꼬치만 사는 우리 형. 돼지가 된 나는 형이 자제력을 갖고 식단 관리를 하시는 건지, 아니면 정말 좋아서 하는 건지 형에 대해 궁금해졌다.

"계산해주세요."

"운동하고 오셨나 봐요. 프로틴 음료 ... 몸이 엄청 좋으세요. "

"감사합니다. 운동하고 왔어요. 이거 제가 자주 먹는 건데 안 물리고 먹을 만 해요. 며칠 전에 호수공원에서 봤는데, 저 보셨나요? "

" 네 저도 봤어요. 엄청 빡세게 달리시던데..."

" 운동 좋죠 .. 근데 요즘은 잘 모르겠어요. 사실 좋아서 하는 게 아니라 ...하하"

응? 좋아서 하는 게 아니었어? 그럼 왜 하지?

"아 정말요? 그러기에는 너무 몸이 좋으시잖아요! 나중에 호수공원에서 또 뵙게 되면 저한테 운동 루틴 좀 알려주세요. 제가 맛있는 거 사 드리겠습니다. "

"그럼요~. 나중에 봬요"

"네~ 안녕히 가세요"

퇴근하는 길에 형이 추천해주신 프로틴 음료를 샀다. 꽤 맛있네. 나도 운동 열심히 해서 요 몇 달간 찐 살을 다 빼고 면접 보러 가야지.

아 오늘은 행사가 많네... 편의점에서 알바를 하면 기간마다 행사하는 물품들을 바꿔서 진열해야 하고 신제품들을 예쁘게 전시해야 하는데 그 일은 주로 야간 아르바이트인 나의 몫이다. 요즘 초등학생들한테 인기가 많은 젤리도 1+1 행사를 시작했고, 밸런타인데이가 임

박해서 초콜릿도 1+1 행사를 시작했다. 전에 말했던 그 여자분, 슬픈 얼굴이었던 여자분은 요즘 담배를 사 가지 않으신다. 그 대신 초콜릿을 잔뜩 사 가신다. 이번에 1+1으로 팔고 있으니까 많이 사 가실 거 같아서 기분이 좋다. 다음은 냉장 코너! 프로틴 음료가 2+1 행사를 시작했다. '두 개 사서 하나 형님 드려야지 (언제 만날지 모르겠지만).'

물품을 진열하는 일은 재밌다. 내 가게도 아닌데 이런 걸 진열할 때는 마치 다 잘 팔리면 좋겠다는 마음이 생기고 예쁘게 맛있어 보이게 진열하고 싶고, 물건에 애정이 생긴다. 내가 일을 쉬니까 마음이 여유로워지는 걸까? 정말 별생각을 다 한다고 웃으며 정리하던 와중에,

띵동

"오, 안녕하세요! 아 마침 오늘부터 저번에 좋아한다고 하셨던 프로틴 음료 행사해요!"

"오, 그런가요? 마침 잘 됐다. 사가야겠어요. 오늘 일 언제 마치세요? 혹시 오늘 러닝 하시나요?"

사실 나는 지금 매우 피곤하다. 따라서 오늘 운동 너무 쉬고 싶었지만.

"네 이제 7시에 교대하는 분 오실 거예요. 형이랑 같이 하면 너무 좋죠."

"하하. 그러면 저 밖에서 기다리고 있을게요."

"네!"

띵동

마침 아침 교대 근무자가 출근했고 나는 형과 호수공원에 왔다. 사실 나는 겁이 났다. 나는 운동한 지 얼마 안 됐고, 살도 많이 찐 상태라 형의 페이스를 못 따라갈 거 같은데... 사실 변명이지만 나는 무릎도 안 좋다. 너무 형 따라가려고 하지 말고 내 페이스대로 하자는 다짐을 하며 준비운동을 했다.

"하다가 힘들면 멈추고 자기 페이스대로 하시는 거 아시죠? "

"네, 그럼요. 걱정 마세요! "

"시작합시다!"

우리는 뜀박질을 시작했고 형은 몇 분 지나지 않아 저 멀리 앞서 뛰고 있었다. 나는 나의 페이스를 지키며 뛴다는 명목하에 주변에 개천도 보고 산책하는 강아지도 보고, 나보다 빨리 뛰시는 아주머니들도 보면서 뛰고 있었다. 사실 오늘 운동할 생각 없었는데 어쩌다가 형이랑 이렇게 뛰게 된 걸까? 하는 얼빠진 생각도 같이 하며 천천히 뛰는데, 형이 저 멀리 뒤에서 헉헉거리며 오는 나를 보고 잠시 멈춰 기다리고 있는 것을 발견했다.

"원래 운동 잘 안 하셨죠? 무리하시면 안 돼요."

"헉헉, 네. 사실 운동 안 하다가 최근에 일 그만두면서 살이 급격하게 쪄서 ... 다이어트 시작한 거거든요. 곧 면접도 보고 그래야 해서요. "

"아 그래요? 저랑 운동같이 다니실래요? , 저랑 시간 맞으시면 헬스장에서 운동 알려드릴게요!"

"아유, 저는 너무 좋죠 형. 형은 운동 정말 좋아하시는 거 같아요. 아니면 운동 관련된 일을 하시는 건가요? 제가 그동안 종종 편의점에서 뵈었을 때도 항상 프로틴 음료나 닭 가슴살만 사셨던 걸로 기억하거든요."

"하하. 저 운동 안 좋아해요. 하는 일도 따로 있고요 ... 일하고 매일 운동하는 거, 사실 너무 힘든데 요즘은 저도 잘 모르겠어요. 강박 같은 느낌? 이걸 해야지 제가 멀쩡하게 사는 거 같거든요."

"아 전혀 몰랐습니다... 싫어하시는 거 치고 너무 몸도 좋으시고... 본격적이신 거 같아서 여쭤봤어요. "

"저는 병원에서 일하고 있어요. 몸 쓰는 일을 하고 있는데 오래 일하다 보니 몸에 무리가 가서 건강 관리차 시작한 건데, 언제부턴가 먹는 것도 제한하게 되고, 일이 안 풀리거나 스트레스를 받으면 운동으로 풀고 있더라고요. 울면서 러닝 하는 거 보셨다고 해서 깜짝 놀랐어요. 진짜 뛰기 싫은데 해야 될 거 같아서 저도 모르게 뛰게 되는 거거든요. 깊게 박인 하루의 루틴이죠 뭐."

형은 루틴을 중요하게 생각하는 사람인데 그게 깨지면 본인이 가치가 없는 사람이라고 느낀다고 말했다. 하루를 촘촘히 살지 않으면 본인이 잘 살고 있는 거 같지 않다고, 아무도 형에게 뭐라고 하는 사람도 없고 잘못했다고 하는 사람이 없는데 누군가에게, 무언가에게 쫓기는 느낌이 든다고 했다. 그러면서 지금 자기가 무슨 나한테 무슨 얘기를 하는 지 모르겠다고 하면서도 답답한 듯이 몇 번의 한숨을 내뱉고 계속 얘기했다.

"나는 어릴 때부터 아무도 뭐라고 하는 사람이 없어서 그냥 좋아 보이는 걸 따라 했던 거 같아요. 운동도 그것의 일부였죠. 차라리 나한테 누가 뭘 하라고 하고, 앞으로 어느 방향으로 가면 된다고 명확하게 제시해줬으면 좀 편했을 텐데, 그게 아니고 너무 나한테 선택권을 주니까 ... 뭐랄까? 저는 겁이 많고 하고 싶은 것도 없는데 시간은 계속 가고, 무엇보다 잘 돼도 못 돼도 내 탓이니까 뭘 하기가 무서운 거예요."

난 그냥 쉬면 마냥 좋던데... 사실 지금 강제로 백수가 되긴 했지만 좋은 휴식시간이라고 생각하며 아주 즐겁게 지내고 있다. 나도 형만큼 사회생활을 조금 더 하면 그런 생각을 갖게 되려나? 형이 하는 운동이 그냥 운동이 아니었구나 하는 생각이 드니까 그동안 봤던 형의 모습이 다르게 보였다. 다른 것도 먹고 싶고 운동도 쉬고 싶은데 그러면 안 될 거 같은 생각이 자꾸 드니까 그동안 그렇게 망설이고 그랬던 거구나. 형에게 루틴은 겉은 건강하게 해주면서 속은 골머리를 썩게 하는 건가? 너무 지켜야 한다고 생각해서 강박처럼 느껴지는 건가?

"대학시절에도 뭘 해야 할지 갈피를 못 잡다가 무작정 남들 따라서 공부를 열심히 했어요. 다행히 성적이 잘 나왔고 좋은 직장, 다들 가고 싶어 하는 곳 지원해서 들어가서 지금까지 일하고 있죠. 엉겁결에 또 좋은 결과물을 얻은 거죠. 겉으로 보기엔 참 안정적이고 괜찮아 보이는 삶이잖아요? 근데 사실 제 힘으로, 의지로 하는 게 하나도 없었고 지금도 없어요. 저는 무언가를 후회하지 않으려고 공부하고, 아프지 않으려고 운동하는 건데 벌써 서른 줄이 다 넘었네요. 어떻게 해야 잘 사는 건 지 모르겠어요."

"형. 정말 저도 잘 몰라서 드릴 말씀이 없네요. 미안해요"

"어휴 아니에요. 분위기 이렇게 만들려고 한 말은 아니었는데 나야말로 미안해요. 하하. 뭐 그래도 시간 지나고, 지금보다 나이를 더 먹으면 알게 되겠죠? 어떤 게 잘 사는 건지, 지금 내가 잘 하고 있는 건지. "

"그러길 바라야겠죠? 형, 제가 이런 질문해도 되는지 모르겠지만, 루틴에 왜 그렇게 집착하시는 거예요? "

"아까도 말했듯이 저는 나중에 후회하지 않으려고, 건강하려고 하는 거 같아요. 루틴을 지키지 않으면 나중에 큰일 날 거 같아서 좀 불안해요."

"근데 그건 보이지 않는 나중 아니에요? 현재의 형은 너무 괴로워 보여요."

"호성 씨 말이 맞아요. 이런 집착이 점점 시간이 지날수록 더 심해지는 거 같아서 고민이에요. 어쩔 때는 운동도 너무 하기 싫고 책도 보기 싫고, 글도 쓰기 싫고 생각도 하기 싫고 집안일도 파업하고 싶은데 지금 이걸 멈추거나 하지 않으면 보이지도 않는 미래의 내가 괴로울까 봐 해요. 현재의 내가 고통받으며 그 일들을 하고 있어요. 호성

씨 말이 맞아요. 그건 아직 오지 않은 나중인데 그거 때문에 현재의 제가 너무 괴롭네요. 모든 게 다 부질없다는 생각을 하면서도 이렇게 모든 것에 집착하고 있으니 ..."

"모든 게 다 부질없기 때문에 순간을 소중히 해야 하는 거 아닐까요? 형 우리 현재에 머물러봐요. 형은 지금 행복하고 지금 즐거울 필요도 있는 거 같아요. 그래야 그 힘으로 미래도 준비하죠. 형, 저는 너무 미래 생각을 안 해서 문제인데 형은 저랑 너무 반대네요. 우리 좀 섞여야 할 거 같아요. 하하. 형 저는 형의 루틴 좋다고 생각해요. 어쨌든 형을 건강하게 해주고 깨끗하고 윤택하게 살도록 도와주잖아요. 하지만 그게 현재의 형을 괴롭게 한다면 조금 놓아줄 필요가 있다고 생각합니다."

"호성 씨가 저보다 어린데도 오늘 얘기하다 보니까 저보다 어른 같아요. 현재에 머무르는 거. 노력해볼게요. 이제 뛰죠? 우리 너무 걸었어요. "

" 예? 이렇게 갑자기 뛰나요? 일단 알겠습니다 형! 뜁시다! "

형과의 러닝을 마치 아까 퇴근하면서 재빠르게 사 온 프로틴 음료랑 닭 가슴살 바에 메모를 붙여서 형에게 건넸다.

"형! 이거 드세요"

"오, 이거 뭐예요?"

"우리 오늘 운동했으니까 단백질 먹으셔야죠. 하하. 제 거 사면서 같이 샀어요. "

"너무 고마워요 오늘 얘기도 들어주고 ... 다음에 또 같이 운동해요."

"형님, 전 언제나 너무 좋습니다."

나와 인사를 하고 돌아선 후 형의 뒷모습을 보는데,

〈형! 형 운동을 운동으로 즐길 수 있기를, 미래나 루틴에 대한 집착을 버리고 현재를 살 수 있기를 바라요. 오늘 운동 데리고 나와주셔서 감사합니다!〉

내가 붙인 메모를 본 건지, 형의 뒷모습에서 보조개가 예쁘게 박혀 있는 볼이 빵긋 솟아오르는 것을 보고 가벼운 마음으로 집에 돌아왔다.

오늘 정말 피곤했다 어떤 게 잘 사는 걸까? 나는 아직 잘 모르겠지만 일단 오늘의 나는 돈도 벌고 운동도 하고 오늘의 할 일을 다 했기 때문에 나름 잘 산 거 같다. 이런 게 현재에 머무르는 거겠지? 오늘을 잘 살았으니까 오늘은 만족이다. 어쩌면 우리가 살고 있는 지금, 오늘 얻은 힘으로 내일을 준비하고 이렇게 하루하루 잘 보내는 게 잘 사는 것이 아닐까 하는 생각이 든다. 수고한 나는 따뜻한 물로 몸을 녹이며 하루를 마무리 해야겠다.

우리 편의점은 문이 두 개이다. 그중에 왼쪽은 오피스텔 흡연구역 쪽으로 뚫린 문, 오른쪽으로 나 있는 문은 한강 역 출구로 연결된 문이데 나는 그 오른쪽 문을 마법의 통로라고 부른다. 왜냐하면 아침부터 오후까지는 출퇴근 하는 사람들, 등하교 하는 학생들 등으로 이족 보행하는 사람들이 주로 점잖게 다니다가 밤에서 새벽이 되면 마법처럼 고릴라처럼 사족보행 하는, 술 취한 사람들이 걸어 나오기 때문이다. 역을 나와서 바로 보이는 곳, 게다가 앉기 좋은 파라솔이 있기 때문에 사족보행하시는 분들은 높은 확률로 그 파라솔을 그냥 지나치지 못하고 또 앉아서 간단하게 한잔(이라고 쓰고 2차라고 한다.) 더 하고 가곤 하신다. 금요일 밤인 오늘도 사족보행하시는 분이 들어오셔서 세계맥주 4캔을 카운터로 가지고 오셨다.

삑. 삑. 삑. 삑.

"만 원이죠?"

"아니요. 손님, 만 천원 입니다."

"뭣이?! 만 원인데 어제까지 만 원이었는데!"

"손님 어제도 만 천 원 이었습니다. 하하"

"에잉, 그래요? ... 정말 내 월급 빼고 다 오르는구먼!"

"하하. 그렇죠? 저도 그렇게 생각해요. 여기 결재됐습니다."

"고마워요. 나 이 앞에 파라솔에 앉았다가 가도 되는 거죠?"

"네, 그럼요. 맛있게 드시고 가세요."

술이 얼큰하게 취한 얼굴을 한 아저씨는 과자 한 봉지와 세계맥주 네 캔을 들고 파라솔 의자에 철퍼덕 앉으셨다. 한숨을 푹 쉬신 아저씨는 맥주 두 캔을 연속으로 들이키셨다. 엄청 맛있으신가 보네. 나도 퇴근할 때 한 캔 사가지고 갈까 하는 생각을 하며 대걸레로 바닥을 닦았다. 어휴, 허리야. 편의점 청소를 다 하고 고개를 드니 파라솔에 엎드려 잠이 든 아저씨를 발견했다. 이걸 어쩐담? 경찰에 신고해야 하나 보호자를 찾아야 하나?

"아저씨! 일어나 보세요! 집에 가셔야죠!"

"아니... 그게 아니고오..."

숨만 푹 푹 쉬시는 아저씨는 미동도 않으셨다. 그 때 아저씨의 엉덩이가 반짝반짝 빛나기 시작했다. 뭐지? 엉덩이에 바지 포켓 주머니를 보니 〈마누라〉라는 사람에게 전화가 오고 있었다. 아 다행이다. 보호자께서 먼저 전화를 주셨구나! 나는 얼른 전화를 받았다.

"여보세요? 여보 어디야!"

"아, 여보세요. 안녕하세요 여기 한강역7번 출구 앞 편의점인데요, 핸드폰 주인인 아저씨께서 저희 편의점 앞에서 잠드셔서 제가 전화를 받았습니다."

"아 정말! 정말 죄송합니다. 이 인간 또 길에서 자고 있나 보네요. 제가 지금 갈게요. 한강역 7번 출구라고 하셨죠? 정말 죄송합니다. 20분 정도 걸릴 거 같아요!"

"아니에요. 괜찮아요. 제가 옆에 있으니까 걱정하지 마시고 천천히 오시면 됩니다."

"네 감사합니다. 얼른 갈게요."

우당탕탕 하는 소리와 함께 전화가 끊어졌고, 나와 아저씨는 파라솔 의자에 앉아 〈마누라〉라는 분을 함께 기다렸다. 나는 가만히 아저씨를 바라봤다. 술을 너무나도 좋아하는 아빠 생각났다. 어렸을 때부터 우리 가족은 화목하지 않았고 지금도 그렇다. 적어도 내가 느끼기엔 그렇다. 그렇기 때문에 고등학교 때는 학교에 있는 기숙사로 도피했고 대학교는 일부러 집에서 가장 먼 대학교를 선택했으며 취업도 집에서 최대한 멀리 있는 직장으로 지원하며 집에서 벗어나려고 노력했다. 집안의 분위기가 나에게 영향을 미치는 게 싫었기 때문이다. 아빠는 진단받진 않으셨지만 매일 술을 마시는 알코올중독자였고 엄마는 그런 아빠를 제지하지 못하고 모든 것을 참는 사람이었다. 이런 두 사람이 함께 만든 나는 아빠에게는 충동적인 성격을 물려받고 엄마에게는 모든 것을 참아내는 성격을 물려받았다. 이 두 개가 공존할 수 있는 성격인가 생각이 들겠지만 공존할 수 있다. 정말 그렇다. 이십 대 초반까지는 이런 나의 성격을 인정하고 싶지 않았고 외면했다. 하지만 시간이 지나고 사람들과 수많은 관계를 맺으며 내 성격에 대해서 차차 알게 되었고 인정하고 받아들이진 못했지만 외면할 수 없는 나의 성격들을 지우려고 노력했다. 가족 이외의 사람들과 살아가면서 다른 사람을 더 많이 닮으면 그럴 수 있다는 어린 생각으로 그랬던 것 같다. 그러다가 이따금 본가에 갔을 때 마주하는 내 감추고 싶고 인정하기 싫은 모습을 갖고 있는 부모님을 볼 때면 마음이 아프기도 했지만 화가 많이 났다. 애써 외면하던 것을 내 머리를 똑바로 잡고 강제로 마주하게 하는 느낌을 받았던 것 같다. 그래서 그런 모습을 가졌고 그것을 나에게 물려줬다고 생각한 부모님과의 사이는 원만하지 못했고, 자연스럽게 본가에 발길을 끊었다. 부모님이 싫었다기보다는 내가 그들과 떨어져 살면서 애써 흐리게 만들었던 안 좋은 점들이 부모님을 만나면 선명해지고 자제력을 잃기 때문에 싫었던 것 같다.

　나는 엄마가 아빠를 포함한 많은 사람들에게 모질게 대하지 못하는 답답한 모습이 보일 때마다 내가 사람들 사이에서 겪은, 나의 이해할 수 없이 답답한 모습을 보는 것 같았다. 사실 누구보다도 이해하면서 엄마가 틀렸다고 하며 엄마를 몰아세웠다. 나한테 왜 그런 모습을 보이는 거냐고, 내가 똑같이 살기를 원하냐고. 엄마는 아니라고 했고 슬퍼하셨다. 엄마는 갈등을 싫어한다고 말했다. 나는 그 마음을 이해했지만 난 저런 사람이 아니라고, 인정하지 않으며 모진 말로 상처를 주고 외면했다. 그리고 나서는 엄마는 나에게 아빠에 대한 얘기를 하는 것을 꺼리셨다. 나는 알고 있다. 엄마는 엄마가 할 수 있는 최선을 해왔고 힘든 일도 있지만 이런 면을 사랑해주는 사람 적지 않다는 것을. 나는 참 못되게도 엄마도 부정하고 나 자신도 부정했던 것이다. 지금 내 앞에 있는 생판 남인 술 취한 아저씨에겐 이렇게 다정하게 얘기하고, 익숙한 듯이 술 취한 남편을 데리러 나오는 아내분도 먼저 나서서 이해하고 걱정하면서 정작 우리 부모님한테는 그러지 못했던 것이다.

사실 나는 어린 시절부터 엄마와 아빠를 모두 이해했다. 하지만 이해와 별개로 그들의 행동이 옳지 못한 행동이라고 생각했고 내가 고쳐줘야 한다고 생각했다.

어린 시절의 나는 아빠가 본인의 모습을 기억을 못해서 계속 그런다고 생각해서 집에서 주정 부리는 것을 동영상을 찍어서 아침 식사 자리에서 보여드린 적이 있다. 그 때 당혹스러워했던 아빠의 표정을 아직 잊지 못하겠다. 아빠의 행동이 잘못된 것은 맞다. 그렇지만 사실 아버지 본인이 제일 잘 알고 있었을 것이다. 하지만 그것과 별개로 본인이 인정하기 싫고 기억하기 싫은 모습을 아들이 사진으로 남겨 강제로 마주하게 해서 얼마나 괴로우셨을까. 나도 그 마음을 알면서도 아빠를 괴롭게 하고 싶었던 것 같다. 나는 잘못한 것을 알지만 고치지 않고 더 엇나가는 행동을 하며 아빠에게 상처를 줬다. 마치 아빠가 술이 본인을 망친다는 것을 알면서도 끊지 못하는 것처럼 말이다.

어릴 때부터 부모님과 떨어져 살았지만 독립을 하고 가장 크게 다가오는 것은 술 취한 중년 남성을 보면 아빠가 떠오르고 예쁘고 순한 아주머니들을 보면 엄마가 떠오른다는 것이다. 나쁜 아들이지만 언제나 두 분이 잘 지내시기를 바라고 있다. 부모님은 내가 내 잘못을 알기 훨씬 이전부터 나에게 큰 사랑을 주셨다. 정말 감사하고 죄송한 일이다. 나는 이제 두 분을 존중하고 부모님이 나에게 그래주셨던 것처럼 언제나 든든하게 옆에 있는 아들이 되려고 노력 중이다. 또한 부모님에게서 보이는 내 모습을 부정하지 않는 것도 연습 중이다. 내가 원하는 나와 실제의 나의 괴리를 줄이는 과정인 것 같다. 요즘 그 노력들 중 하나로 엄마께 자주 연락을 하는데 아까 이 아저씨를 깨우고 , 아내분 전화를 받은 만큼만 다정하게 하면 될 거 같은데 참 쉽지가 않다. 그래도 엄마는 좋아하신다. 내 일상을 알려드리고 오늘은 뭘 했는지 알려드리면 정말 좋아하신다. 이렇게 사소하고 작은 것이었는데.. 그동안 왜 안 했던 것인지. 이렇게 연락도 자주 드리고 가까워지려고 한다면 언젠가 아빠께 세계맥주를 사 드리면서 같이 술자리를 하고, 엄마와 웃으며 얘기하고 따뜻하게 안아드릴 날이 오겠지.

"여보! 정말 아무 데서나 자! 어쩌려고!"

"아, 안녕하세요."

"정말 감사합니다. 죄송합니다. 여보! 일어나 봐! "

아내분은 술 취한 아저씨를 일으켜 세우시고는 세게 등짝을 두어 대 때리시고 익숙한 듯이 둘러업고 집에 들어가셨다. 두 분 다 행복하게 지내시기를 진심으로 바라며 나는 그들의 걸어가는 뒤 모습을 지켜봤다. 아무리 봐도 지금보다 젊었던 우리 부모님 같아. 아차, 테이블 빨리 닦고 교대 준비해야지. 또 동이 트기 시작했다. 나는 곧 잠에 들지만 세상은 새로운 하루가 시작되고 있다.

내가 사 가는 물건은 무엇일까? 내가 사 가는 물건에 내가 담겨있을까? 나는 어떤 하루를 보냈을까?

언젠가 나는 편의점에서 군고구마를 산 적이 있다.

따끈한 고구마를 봉지에 담아주시며 이 고구마는 모차렐라 치즈랑 먹으면 아주 맛있다고 한 봉지를 챙겨주셨던 기억이 있다.

그 날은 참 힘든 하루를 마무리하고 집에 돌아가는 길이었는데, 따뜻한 고구마와 치즈를 받고 맛있게 먹으라며 함께 건네 주신 말 한 마디가 참 위로가 많이 되었었다. 모르는 사람인 나에게 그분은 왜 그런 응원을 보내주신 걸까? 내가 사는 물건에서, 그날 나의 모습에서 무엇을 보신 걸까? 뭐가 됐든 참 감사한 마음과 위로였다.

많은 사람들이 '사람은 모두 다른 사람에게 관심이 없다'라고 얘기

한다. 세상은 혼자라고. 혼자서 살아가는 거라고. 하지만 나는 그렇게 생각하지 않는다. 우리는 서로 알든 모르든 보이지 않는 유대감으로 연결되어 있다. 또한, 모르는 사람이기에 줄 수 있는 위로와 응원이 있다.

내가 편의점 카운터에 앉아 많은 손님들을 만나고 , 사 가는 물건을 유심히 관찰하다 보니, 그때 따뜻한 고구마와 치즈를 얹어 주시던 그분의 마음을 이해하게 되었다.

생판 모르는 남이기에 그 사람이 어떤 배경을 갖고 있는지, 맥락도 줄거리도 사전 지식도 없이 내 앞의 오직 그 사람의 순간만을 더 열심히 관찰하게 되고, 그래서 거짓 없는 진심으로 위로하게 되는 것 같다는 생각이 들었다.

내 앞에 있는 사람이 슬픈 얼굴을 하고 있으면 슬퍼하지 말라며 힘내라고 위로하고 싶고, 열심히 사는 사람을 보면 잘하고 있다고, 충분하다고 응원하고 싶어지고, 몸에 좋지 않은 술을 사가는 날에도 어떤 일이 있으셨군요, 이 술을 맛있게 먹고 털어버리셨으면 좋겠어요 하며 격려하고 싶어진다.

그 때 그 분도 이런 마음이 드셨겠지? 나는 요즘 낮에는 영어학원을 다니고 새벽에는 바로 이 편의점에서 야간 아르바이트를 하고 있다. 낮에는 공부하고 밤에는 일을 하는 이 빠듯한 하루하루가 가끔은 너무 피곤하고 지겹다고 느낀다. 이렇게 파트타임으로 일을 하다가 다시 어딘가에 취업을 하고 그곳에서 새로운 사람들과 만나고 또 새로운 일을 배우고 ... 그렇게 하루하루가 가고 한 달이 가고 일 년이

가고, 그런 것을 생각하면 나도 모르게 아득하고 모든 것이 부질없다고 느껴지고 외롭고 무서워진다.

그럼에도 내가 깊게 지치지 않는 이유는 나를 포함한 꽤나 많은 사람들이 각자의 필드에서 열심히 고군분투하고 있고 그런 서로를 알고 있으며 응원하고 있다고 느끼기 때문이다.

각자의 이유로, 어떤 하루는 즐겁고 달디 단 사탕 같은 하루일 수도 있고, 다른 하루는 고단하고 쓰디 쓴, 뱉어버리고 싶은 하루일 수도, 또 어떤 날은 혼자라고 느껴지는 하루일 수 있지만 사실 멀리서 우리들의 관계를 바라보면 모두들 혼자가 아니다.

자세히 보면 내 앞에 있는 사람에 대해 보이지 않는 사랑과 연민의 실로 연결되어 있다.

그렇게 때문에 나는 외롭지 않다. 모두들 외로워할 필요가 없다. 우리들은 그 실을 통해서 서로 수많은 걱정과 응원, 격려를 서로 건네고 받으며 살아가고 있다. 이런 생각을 하면 꽤나 마음이 든든해진다. 내가 타인이고 타인이 나이기 때문에 타인에게 진심으로 건네는 위로가 곧 나에 대한 위로이기 때문이다.

편의점에 슬픈 얼굴로 들어왔던 여자처럼 살면서 큰 상처를 얻을 수 있지만 어떻게든 세상은 돌아가고, 나를 해치는 흡연도 해보고 나를 즐겁게 하는 달콤한 디저트도 먹어보면서 상처를 극복 해나갈 수 있다.

강박적으로 운동하고 자신이 진짜 원하는 일을 알 지 못해서 길을 잃은 거 같다는 형도 사람들과 얘기를 나누며 함께 하고 남들도 다 그런 면이 있다는 걸 앎으로써 집착을 조금씩 내려놓을 수 있었다.

마지막으로 아저씨를 통해 부모님을 생각한 나처럼 자신의 잘못을 뉘우치고 자기 자신이 인정할 수 없는 모습을 받아들인다면 지금보다 더 나은 관계들을 만들 수 있다.

나만 그런 것이 아니고 모두가 이런 면을 조금씩이라도 갖고 있다.

내가 타인을 보고 위로받고, 위로하고 자신을 돌아볼 수 있다면 외롭지 않게 잘 살아갈 수 있을 것 같다. 그러고 싶다.

모두가 같은 방향으로 움직였다

문준호

문준호 스웨덴의 '피카' 문화를 좋아합니다. 그래서 고즈넉한 카페에서 드립 커피와 롤 케이크를 나눠 먹으며 좋아하는 사람과 대화하는 시간이 좋습니다. 취미는 카페에 앉아 사색하며 사람들을 관찰하는 것입니다. 살아온 순간들을 다이어리에 기록한 지 6년 차. 20대 초, 중반을 치열하게 보내고 지금은 잠시 삶의 속도를 늦춰 주변사람들과 함께 있는 시간을 즐기고자 합니다.

blog : https://blog.naver.com/mappmov

똑같은 곳으로 향한다

'서류전형에 합격하신 것을 축하드립니다. 면접 일정에 대해 안내해 드립니다.'

가장 마주하고 싶었고 반가웠던 순간이었다. 허나 기쁨은 오래가지 않았다. 고작 이 한 문장을 받기 위해 4시간씩 잠을 자며 밤새 지원서를 작성했던 것일까. 곱씹을수록 괘씸했다. 취업 준비를 하는 동안 나에 대한 탐구를 끊임없이 했다. 내가 무엇을 좋아하는지, 무엇을 잘하는지, 왜 이 일을 해야 하는지. 그렇게 발견한 나의 모습을 하나하나씩 구체적으로 풀어 쓴 나만의 소개서를 작성했다. 하루에 한 군데씩 나의 소개서를 넣었다. 그렇게 한 달 동안 이력서를 20곳을 넣은 결과 하나의 기회를 겨우 얻어낸 것이었다.

흥분을 잠시 추스르고 옷장을 열었다. 어머니가 사준 정장을 꺼내어 소파 위에 놓았다. 넥타이 매는 방법이 가물가물해 유튜브 영상으로 매는 법도 다시 배웠다. 푸른색 바탕화면에서 워드 프로그램을 열었지만 잠시 멍을 때렸다. '면접에서 무슨 질문이 나올까?' 고민하며 처음 보는 면접을 어떻게 준비해야 할지 생각했다. 그래도 유튜브에서 면접 준비 방법을 검색하여 알아낸 정보를 토대로 쓴 스크립트를 쓰고 면접 전날 새벽까지 연습에 연습했다.

'띠리링 띠리링' 알람이 아침부터 뜨겁게 울렸다. 새벽 4시에 자고 6시에 일어났다. 팅팅 부은 눈을 비벼 시야를 확보했다. 어제 꺼내 놓은 정장을 주섬주섬 입었다. 유튜브로 배운 넥타이 매는 법을 까먹었다. '넥타이 매는 거마저 어렵구나.' 멋쩍은 웃음과 함께 혼잣말이 튀어나왔다. 다시 유튜브를 보면서 넥타이를 맸다. 거울 앞에 서서 옷매무새를 점검하고 미소를 지으며 '안녕하십니까! 호기롭게 도전하는 지원자 문준호입니다!' 씩씩하게 인사말도 연습했다. 구두를 신었지만 잘 안 들어가져 구두칼로 뒤꿈치를 쑤셔 넣었다. 밖으로 나섰고 엘리베이터를 기다리는 동안 벌써 어깨와 발이 불편해지기 시작하면서 갑자기 아버지가 생각났다. '아버지는 출근하실 때 매일 이렇게 무거운 옷을 입고 다니신 거였구나.'

손이 시려 핫팩을 손에 비벼가며 지하철역으로 향했다. 서울 지하철은 지옥철이다. 지하철 문이 열리자 뜨거운 열기를 내뿜었고 나와 비슷한 옷차림의 사람들이 가득했다. 역시나 내가 앉을 자리는 보이지 않았다. 유독 길게 내려온 손잡이 하나를 부여잡았다. 손잡이에 의지한 채로 서서 갔다. 미간이 저절로 찌그러졌다. 고개를 살짝 돌려 옆을 보니 나와 전부 같은 표정을 짓고 있었다.

'이렇게 많은 사람은 어디로 가는 걸까? 나도 합격하면, 이 사람들과 똑같은 곳으로 가려나?' 서울에 올라온 지 2주차인 나에겐 아직은 낯선 풍경이었다. 지방에서 서울로 상경할 때, 서울 사람들이 멋있어 보였다. 광화문 거리, 여의도 증권가, 강남 일대를 거니는 비즈니스맨이 되고 싶었다. 하지만 이상적인 서울의 모습과 달랐다. 그들의 표정은 행복과 거리두기를 하고 있다고 느껴졌다. 지하철이 면접 장소에 가까워질수록 '내가 과연 서울에서 버틸 수 있을까?'라는 생각이 더욱 짙어져 갔다. 역시 멀리서 보면 희극이고, 가까이서 보면 비극이다.

고층빌딩이 숲처럼 우거져 있었다. 14층 버튼을 눌렀다. 유리창 밖으로 사람이 조그맣게 보인다. 담당자분의 안내를 받아 대기 장소로 이동했다. 몸이 굳어져 뚝딱뚝딱 인형처럼 다녔다. 면접관은 환하게 웃으며 반겨줬다. 친절한 표정과 달리 질문이 날카로웠다.

'왜 그렇게 생각하세요? 본인이 부족하다고 느낀 점이 무엇이었나요?'

뼈가 시렸다. 차분하게 대답했지만, 꼬리에 꼬리를 무는 질문자들에게 압박이 느껴졌다. 내 인생 첫 면접은 압박감만 느끼다 끝이 났다.

집으로 돌아가는 길에서 우연히 인스타그램에서 하나의 게시글을 보았다. '취준생은 거절과 좌절에 익숙해져야 한다.' 속으로 생각했다. '과연 언제쯤 익숙해질 수 있을까?'

차디찬 공기로 가득 채워진 바깥공기. 창문을 살짝 열어 찬 공기를 들이마셨다. 몸이 좌우로 비틀대며 침대에 털퍼덕 누웠다. 눈을 부릅뜬 채 멀뚱멀뚱 천장을 바라봤다. 좌절감과 허탈함이 내 몸속 가득 채워진 느낌. 두 눈을 질끈 감았다. '하..' 단전 밑에서부터 끌어 올렸던 한숨. 한숨을 몇 번이나 내쉬었는지. 아마 빈방을 가득 채울 정도로 내뱉었던 것 같다. 이렇게라도 숨을 내뱉지 않으면 공허함이 날 지배할 것 같았다. 내가 나를 봐도 참 안쓰러울 지경이었고, 또다시 한번 두 눈을 질끈 감았다.

'언제까지 나의 가치를 증명해야 하는 걸까? 난 무엇을 위해 사는 것일까?' 이곳에서 생존하기 위해, 나의 존재가치를 증명하기 위해 계속 이렇게 살아가야 하는 것인가?' 분명 지치는 순간이 올 것 같았다. 고뇌의 연속이었다. 스스로 되묻고 또 되물었지만, 해답을 찾지 못했다. 내가 이렇게 살아도 되는 것일까? 나는 다르게 살고 싶은데 왜 이렇게 취업을 하는 것일까? 내가 너무 어린 생각을 가지고 사는 것이 아닐까? 혼자 계속 의문을 가졌다.

생각이 생각에 꼬리를 물었다. 갑자기 울분이 치솟아 올랐다. 허무함이라는 감정이 어김없이 찾아와 괴롭혔다. 감정선이 요동쳤다. 생각에 깊이 빠지기 싫어 다시 한번 한숨을 내뱉으며 몸을 일으켜 세웠다. 터벅터벅 걸어가 냉장고를 열어 맥주 한 캔을 집어 꺼냈다. '딸깍' 맥주 캔을 따고 한 모금 들이켜 마셨다. '아하…!' 외마디를 내뱉으며 허무함을 몸 밖으로 빼냈다. 첫 한 모금으로 갈증이 씻겨 내려가는 순간이 제일 짜릿하다. 식탁 의자에 앉아 가만히 생각해보니 이런 비슷한 감정을 여러 차례 느낀 것 같았다. 허무함의 시작점을 찾기 위해 흩뿌려져 있었던 기억의 조각을 모았다.

똑같은 곳을 바라본다

"이루고 싶은 꿈이 있으신가요?"

"음.. 이루고 싶은 것은 없습니다."

"그러면 뭐 하고 싶은 것이 있나요?"

"저는 교육 행정공무원을 하고 싶습니다."

대학교에 입학하여 첫 교양 수업이 있던 날, 교수님은 나에게 질문을 하셨다. 곧장 솔직하게 답변했다. 수업을 마치고 기숙사로 돌아가는 길에 왠지 모르게 가슴이 답답하고 머릿속 복잡하게 느껴졌다. 곰곰이 되짚어 보니 '나의 답변' 때문인 것 같았다.

고민을 해소하고 싶을 때마다 동갑 친구들과 대화를 많이 나누었다. 아무래도 또래이다 보니 공감할 수 있는 이야기가 많기 때문이었던 것 같다. 동기와 함께 가장 가까운 편의점에서 맥주 500ml 네 캔을 사고 우리만의 공간으로 향했다. 선선한 바람이 불면서 꽃향기가 솔솔 났다. 4월의 봄 날씨는 사람을 묘하게 기분 좋게 만든다. 한껏 오른 흥을 주체하지 못하고 '짠!' 을 외치며 잔을 기울였다. 이야기 꽃이 피어나는 속에서 하나의 꽃이 시든다. 친구는 휴학하고 공무원 시험 준비하러 간다고 밝혔다. '야! 아직 1학년인데 벌써 그렇게 조급해? 천천히 해!' 나는 당차게 친구를 설득해봤지만, 친구는 단호하게 답했다. '너도 공무원 준비할 거면 빨리하는 게 좋아.' 그 친구 한마디에 흔들리는 내 모습을 봤다. '나도 공무원을 해야 할까? 진짜 난 공무원을 하고 싶은 걸까?' 스스로 되물어 봤지만, 답을 찾지 못했다.

우리는 팔각정에 앉아 밤하늘을 올려다봤다. 유독 별이 잘 보이는 밤이었다.

행정학과에 들어오니 동기들 대부분이 공무원을 하고자 했었다. 남들이 다 한다고 하니까 하기가 싫었다. 갑자기 숨어있던 청개구리 본능이 일깨워졌다. 하지만 나는 이때까지 남들과 똑같은 선택을 하면서 살아왔다. 고등학생 때는 대학교에 당연히 가야 하는 줄만 알았고, 수능을 망치면 인생에 실패하는 줄 알았다. 수능점수에 맞춰 대학교와 학과를 선택했다. 선택하는 과정에서 내가 무엇을 좋아하는지, 하고 싶은지. 이런 깊은 고민보다는 현실적으로 취업이 잘되는 학과가 무엇인지, 학교 간판이 더 중요했다. 정작 삶에서 중요한 성숙한 자아를 형성하기 위한 노력을 안 했다. 고등학교를 졸업하고 난 뒤에도 내 인생에서 '나'에 대한 고민은 깊게 하지 못한 채 대학교에 입학했다. 주변 어른들이 공무원을 하면 안정적인 삶을 살 수 있어 좋다고 이야기해주었다. 어른들이 나보다 훨씬 더 오래 사셨기 때문에 그 말을 그대로 믿었다. 나의 의지는 하나도 반영되지 않았고 성적에 맞춰 대학교에 갔고, 공무원을 하고자 행정학과를 선택했었다.

교양 수업 둘째 날, 수업을 마치고 교수님에게 찾아가 면담을 신청했다. 교수님은 유쾌한 웃음을 보이셨고, 연구실로 가서 이야기하고 하셨다. 연구실에 도착하고 비타민 음료수를 꺼내 주시면 서 나에게 질문을 던지셨다.

"무엇 때문에 면담을 신청했어요?"

"교수님 공무원이 하기 싫어졌습니다. 저는 무엇을 하면 좋을까요?" "아무거나 다 해봐요."

"그래도 교수님 전 뭘 해보면 좋을까요?"

"지금은 어떤 경험도 도움이 될 겁니다. 답은 자기 자신한테 있어요."

답을 외부로 찾으려는 습성을 버리지 못하고 난 답을 찾기 위해 교수님에게 물어봤다. 왜 자꾸 남에게서 답을 찾으려고 했던 것일까? 스스로에 대한 확신이 부족했던 것이었다. "교수님 정말 감사합니다."라고 감사의 인사를 드리고 속으로 결심했다. 내가 하고 싶은 것을 찾아보기로.

똑같은 것을 준비한다

대학교 졸업을 해야 하는 시기가 왔다. 주변 친구들이 하나, 둘 취업전선에 뛰어들었다. 나는 졸업하고 난 뒤에 장교로 복무해야 해서 급하게 준비해야 할 필요는 없었다. 하지만 왠지 모를 불안감에 휩싸였고 취업 준비를 해야 한다는 압박감이 느껴졌다. 친구 한 녀석이 토익 시험을 준비하고 있었다.

"너는 어디 영어학원 다닌다고 했지?"

"나 B 학원 다녀. 강사님들이 너무 좋아!"

"근데 거기 학교에서 버스 타고 1시간 넘게 걸리지 않아?"

"다들 거기로 가. 사람들이 많은데 이유가 있어. 근데 너는 지금 준비할 필요 없지 않아?"

"그래도 나중에 취업해야 하니까 미리미리 준비하면 좋으니까."

B 학원 검색해보니 정말 유명한 곳이었다. 나만 몰랐다. 사실은 내가 무관심했던 것 같다. 학원 리뷰도 많고 좋은 후기들이 많았다. '지금 내가 한 선택이 맞는 걸까?' 남들이 좋다고 하는데 이유가 있겠지.'라고 생각했지만, 친구가 추천해주었으니 깊이 고민하지 않고 곧바로 강의 등록 신청을 했다.

수업 당일날, 우중충하게 구름이 꽉 끼었다. 흐린 구름이 나의 심정 같았다. 영어 점수를 군이 지금 따야 하는 것인가에 대해 스스로 의문이 생겼다. 난 하고 싶은 것이 생기면 푹 빠져서 하지만, 하기 싫은 것은 절대 안 하는 스타일이다. 그렇기 때문에 당장 눈앞에 펼쳐진 현실을 제대로 마주 보고 있었던 것이 아니었다. 실감하지 못했다. 철부지 그 자체였다.

교실 나를 포함한 100여 명의 학생이 있었다. 수업이 시작되고 똑같은 칠판을, 똑같은 선생님을 바라보고 있었다. 모두 같은 곳을 바라보고 있었다. 물론 취업하기 위해서 필요한 능력을 갖추기 위해 노력해야 한다. 그렇지만 한 곳에서 똑같은 것을 준비하는 것이 과연 맞는 것일까?

똑같은 고민을 한다

"우리 잠시 시간을 갖자."

문자를 보자마자 눈치챘다. 그녀와의 이별하는 순간이 왔다는 것을. 이별을 자초하지 않았지만, 그녀가 취업 준비를 하는 과정에서 나도 모르게 그녀에게 서운함을 준 것일지도 모른다. 나도 모르게 괜스레 자책하곤 했다. 나는 그녀를 이해해주지 못했다. 그녀의 시간을 존중했어야 했는데 그러지 못했다. 나만의 불확실한 미래를 위한 선택은 현실은 빈곤하게 만들었다. 나의 옆에 있는 사람에게 소홀했고 그 결과는 이별이었다.

그녀의 상황과 심정을 이해해주지 못했다. 나는 취업을 당장 하지 않아도 되는 상황이었기에 더욱 그랬던 것 같다. 그녀의 상황을 이해했더라면 결과는 달랐을까? 그렇지도 않다. 나도 취업하고 있었더라면 똑같은 고민을 했을 것이다.

'나도 취준생이 되면 연애는 사치일까?'

이런 고민을 하는 와중에 나의 절친한 친구가 고민 상담을 해줬다. 그 친구는 취준생이었지만 연애하고 있었고, 취업 준비를 하면서도 여자친구와 함께 시간을 보내고 있었다. 그러나, 그의 여자친구는 이미 취업을 마친 상태였다. 이들은 서로의 시간을 존중하면서, 서로의 일과 취미 생활을 함께하기도 하고, 서로를 위해 응원했다. 또한, 이 친구는 자신의 취업 준비를 위해 시간을 충분히 가졌다. 여자친구와 함께 시간을 보내면서도 취업 준비에 충실할 수 있었던 거다. 이렇게 자신의 시간을 잘 관리하고, 서로를 존중하며, 취준생이어도 연애를 할 수 있다는 것을 보여준 친구의 경험은 나에게 큰 영감을 주었다. 20대의 청춘을 위해 현재를 포기하기에는 아깝게 느껴졌다.

똑같은 선택을 하지 않았으면 좋겠다

전역 전 휴가를 나왔다. 중학교 때 은사님은 오랜만에 만나 반갑게 인사를 건네어 주셨다. 여전히 치명적인 눈웃음과 환하게 지으시는 미소는 오랜만에 느끼는 따뜻함이었다. 그 따뜻함에 화답하기 위해 나도 활짝 웃으며 인사드렸다. 12년이라는 세월이 흘러 나의 은사님과 맥주를 마시는 순간이 올 줄은 상상도 하지 못했다. 얼음 맥주 2개를 시켜 시원하게 한 모금 들이켜 마셨다. '카.' 탄성이 저절로 나왔다. 은사님은 중학교와 고등학교 연속으로 같은 곳에서 보았다. 항상 수업 시간에서도, 수업 밖에서도 나를 응원해주셨고 잘 챙겨주셨다. 학창 시절에 받은 은혜가 너무나도 커서 매년 스승의 날 때마다 연락을 드렸었다. 이번 만남도 고마움을 잊지 못했기에 이루어진 것이라고 믿었다. 그렇게 선생님과 나는 옛 추억을 나누며 웃음이 그치지 않을 정도로 대화했다. 그러다 은사님은 나에게 질문을 하셨다.

"전역하고 나서는 뭐 하려고 하니?"

"바로 취업할 생각입니다."

은사님은 잠시 머뭇거리면서 조심스럽게 말을 꺼내 신다.

"취업을 바로 하는 것보다는 휴식을 조금 취하고 취업하는 것이 어떻겠니?

"선생님이 인생을 많이 산 건 아니고 준호도 나름대로 생각하는 게 있겠지만, 선생님도 장교로 전역하고 바로 학교로 출근하니까 되게 바빴어. 그래서 휴식을 취할 수 있는 시간을 가지렴. 삶은 가지는 것이 아니라, 경험하는 거래. 그러니 조금의 여유를 가져봐."

은사님의 조언은 한 번에 이해했다. 인생은 길기 때문에 급하게 선택할 필요가 없다고 말씀하시는 은사님. 나는 그 말씀은 뜻을 이해했다. 하지만 냉혹한 현실 속에서 '과연 내가 여유롭게 무언가를 할 수 있을까?'에 대한 의구심이 들었다.

"그래도 선생님 현실이 만만치 않으니까 바로 취업하려고요."

"그래 준호야. 그래도 곰곰이 잘 생각해보고 결정하렴."

다른 방향, 다른 생각

"유럽 여행을 가자고!?"

십년지기 친구와 오랜만에 통화를 했다. 뜻밖의 제안에 흥분을 감추지 못했다. 전역하고 난 뒤 3년 만에 떠나는 여행이었다. 설렐 수밖에 없는 상황이었다. 나의 군 생활은 코로나19로 시작해 코로나19

로 끝이 났다. 군대에서는 시공간의 제약이 있다. 군인은 '위수지역'이라고 하여 비상 상황이 발생하면 1시간 이내로 부대에 복귀해야 한다. 코로나19로 인해 더더욱 통제되었다. 외출과 휴가가 통제되다 보니 스트레스가 이만저만이 아니었다. 이런 상황에서 해외여행은 너무 설렐 수밖에 없었다.

하지만 망설였다. 나는 전역을 하면 취업을 바로 하고 싶었기에 머뭇거렸다.

"나 취업 준비도 해야 하고 시간이 없을 것 같아."

"준호야. 우리 지금 아니면 여행 못 가!"

친구는 단호하게 이야기했다. 그러고 보니 은사님도 나에게 똑같은 이야기를 해줬다. 지금이 아니면 안 된다는 직감이 느껴졌다. 걱정과 고민은 뒤로 하고 현실이라는 짐을 잠시 내려놓고 떠나고 싶었다.

"그래. 우리 가보자."

22년 8월 여름, 비행기를 타고 12시간이 걸려 난생처음으로 유럽 대륙에 땅을 밟아 보았다. 예산이 컸던 만큼 큰 결심을 하고 떠난 여행이었기에 걱정도 많았지만, '준호야. 차곡차곡 저축 잘했다!'고 스스로 내 자신을 칭찬한 순간이었다. 혼자가 아닌 십년지기 친구와 떠난 여행이기에 더욱 의미가 깊었다.

그렇게 우리는 첫 유럽 여행을 갔다. 코로나로 인해 2년간 해외여행이 힘들었고 우리는 어린이날 놀이공원 가기 전 어린아이처럼 밤잠을 설쳐버렸다. 오랜만에 느낀 설렘이라 그런지 나도 모르게 주체가 안 될 정도였다. 얼마만의 자유인가. 이 자유를 누리기 위해 힘든 시기를 버틴 것 같았다.

실제로 지구 반대편에 사는 사람들의 모습을 직접 두 눈으로 보고, 그들의 사는 이야기를 두 귀로 들으니 새로웠다. 나름 살아오는 동안 숱하게 많은 사람과 이야기해보았다고 생각했는데, 세상은 다양한 사람들이 존재한다는 걸 새삼스레 느꼈다.

사람들은 저마다 살아오면서 잊히지 않는 대화가 있다. 누군가에게는 평범하고 소소한 대화였겠지만 누군가에게는 가슴 한편이 저릿할 정도로 마음 깊숙이 닿을 대화일 것이다. 그 순간은 영원히 기억할 순간이고 인생에서 영원히 기억되는 순간이다. 나에겐 빈 도시 투어 가이드 선생님과 나눈 대화가 그러했다.

장시간 비행기 탑승으로 인해 팔에 힘이 안 들어갈 정도로 피곤했지만, 아름다운 도시의 광경과 풍경이 눈 앞에 펼쳐지자 피로가 싹 사라졌다.

빈은 음악의 도시라는 별명에 걸맞게 오선지 위에 그려 놓은 선율을 건축물로 형상화한 것 같았다. 좀 더 자세히 알고 싶었기에 도시 가이드 투어를 신청했다. 나이가 있어 보였지만 호쾌한 웃음소리와 함께 분홍색 원피스를 입으신 모습은 나에게 강렬한 인상을 심어주었다. 마이크를 손에 쥔 가이드 선생님은 사람들에게 통신기를 나누어 주셨다. 난 가이드 선생님의 말씀을 놓치지 않기 위해 귀를 쫑긋 세웠다. 한 손에 카메라를, 다른 한 손에는 물병을 들고 가이드 선생님을 따라갔다. 입을 벌린 채로 고개를 두리번거리며 주위를 살핀다. 선생님은 카랑카랑한 목소리와 함께 검지 손가락을 펼쳐 앞을 가리켰다.

가리킨 방향에는 회색빛의 석상 하나가 있었다. 아무런 감흥 없이 쳐다봤다. 하지만 석상에 가까이 가서 쳐다보니 뭔가 모를 아우라가 느껴졌다. 잘은 모르겠지만 한참을 석상 앞에 머물렀다. 선생님의 설명이 귀에 하나도 안 들어올 정도로 쳐다봤다. 나가는 중 하나의 문장이 뇌리에 박혔다.

"부패한 시신 더미 속에서 왕의 얼굴이 보였어요. '왕도 죽는다.'는 사실을 백성들도 깨달은 거죠."

그 석상은 알고 보니 왕이었다. 과거 13세기 유럽에서 흑사병이 유행했었고, 흑사병이라는 질병을 통해 그 시대 사람들은 삶의 진리를 깨우친 것이었다. '죽음 앞에서는 누구나 평등하다. 고로 삶은 부질없으니 지금, 이 순간을 만끽하자.'라는 가치관이 뿌리 잡히었다고 선생님이 설명해주었다.

열띤 투어를 끝마치고 가이드 선생님이 예약한 식당으로 향했다. 그리스 음식이 유명한 레스토랑이었다. 나와 친구는 시원한 맥주를 마시고 싶어 주문하려던 찰나. 가이드 믹스 맥주를 추천해주었다. 오스트리아 맥주는 첫맛은 흑맥주 같았는데 끝맛은 에일맥주 같았다. 그녀는 이야기보따리를 풀었다. 난 눈이 커진 채로 흥미롭게 이야기를 경청했다.

선생님은 30년 전 대한민국에서 간호사로 일을 했었다. 그 당시 독일어를 배웠고, 오스트리아 이민을 선택하여 국제결혼을 했었다. 국제무역회사에서 30년 넘게 근무했었고, 퇴직한 뒤 자신이 좋아하는 일을 하기 위해 가이드 자격증을 취득했었다. 취득하기 위해 죽기 살기로 공부했었다고 말씀하시는 선생님. 그러면서 우리한테 한 가지 조언을 해주었다.

'삶이 허무하기 때문에 너무 애쓰지 마.'

결국 인간은 죽음을 맞이할 수밖에 없다. 무한한 자연의 시간 앞에서 인간의 시간은 매우 일시적이고 유한한 '찰나'일 뿐이다. 한정된 삶의 시간 속에 순간은 지나간다. 그 순간을 그냥 흘려보내지 말고 만끽하자.

똑같은 곳을 바라보지 않는다.

지난 과거를 돌이켜 보면 난 학업도, 연애도 주체적으로 선택하지 않았다. 지금 하는 취업 준비마저 주체적으로 선택한 것이 아닌 사회 평판과 다른 사람들의 기준이 나에게 영향을 끼쳤다. 도무지 몰랐다. 지금까지 왜 이런 선택을 해왔는지. 끊임없이 반복된 고민의 사슬고리를 끊어내고 싶었지만, 방법을 도무지 몰랐다. 내가 왜 이런 생각을 하고 있는지에 대해서도, 내가 왜 이리 생각이 많아졌는지도.

스스로를 옥죄면서 살아왔다. 가로등이 없는 어두컴컴한 골목길을 혼자 걸어가는 느낌이었다. 혹독한 현실에서 내가 떳떳하게 서 있기 위해 목표를 이루고 싶다는 절실함을 넘어선 무언가가 필요했다. 그래서 난 처절해지기로 했다. 내 주위를 울타리를 세워 남들이 들어오지 못하게 만들었다.

대학생 시절엔 잘 와닿지 않았지만, 교수님의 조언, 휴가를 나왔을 때 은사님의 말씀. 지금 다시 되새겨 보면 참 많은 의미를 담고 있었다. 여행을 다녀오고 난 뒤 크게 느낀 점이 있었다. 무엇보다도, 삶에서 중요한 건 바로 '여유'라는 것. 그래서 이제는 일상에서 많은 것들을 경험하고 있다. 내가 해왔던 지난 시간을 보면 가장 중요한 것이 '여유'라는 것을 알게 되었다. 그래서 나는 지금까지 내가 살아온 인생에서 가장 중요한 것이 무엇인지를 생각해보았다.

하루 종일 일만 하며, 바쁜 일상에서 여유를 찾기는 쉽지 않다. 하지만, 나는 이전의 나와는 다르게 더 많은 여유를 가지려고 노력한다. 그것은 시간, 돈, 정신적 여유 등 여러 가지로 이루어질 수 있다. 예를 들면, 새로운 취미를 시작하거나, 산책하며 자연을 즐기는 것, 좋아하는 음악을 듣거나, 새로운 도시를 여행하는 것 등 다양한 방법으로 여유를 찾을 수 있다. 이것은 삶의 원동력이 되고 이것은 또 다른 일들을 추진하는 데 큰 도움이 된다.

하지만, 무언가를 하며 여유를 찾는 것도 중요하지만, 그것을 하기 위해서는 일단 '시간'이 있어야 한다. 취미, 여행 등을 즐기기 위해서는 많은 시간과 돈이 필요하다. 그래서 나는 일상에서 좀 더 시간을 확보하려고 노력한다. 불필요한 것들을 줄이고, 우선순위를 잘 정해서 시간을 관리한다. 그리고 그 시간을 효율적으로 활용하기 위해 계획을 세우고, 그 계획을 지키려고 노력한다. 이렇게 여유를 가지면서 일상을 즐길 수 있다면, 인생은 훨씬 더 행복해질 것이다. 물론, 모든 것이 순조롭지 않을 때도 있지만, 여유가 있다면 그것도 훨씬 덜 스트레스를 받으면서 대처할 수 있다.

삶을 너무 서두르고 있었다. 하지만, 은사님이 말씀하신 것처럼, '삶은 가지는 것이 아니라, 경험하는 것이다.' 이제는 더 많은 경험을 쌓으며, 삶을 즐기기 위해 여유를 가지는 것이 중요하다는 것을 깨닫게 되었다. 그래서 나는 지금까지 삶에서 여유를 얻기 위해 노력했던 것들을 돌아보며, 다시 한번 여유를 가지라는 말씀에 공감하고 있다.

지금을 최대한 즐기며, 더 많은 경험을 쌓아가며, 삶의 여유를 가지고 살아가고 싶다. 우리는 살아가면서 미래에 대한 걱정에 사로잡힌다. 불안한 상황이나 어려운 문제가 생기면, 미래에 대한 걱정이 소용돌이처럼 휘몰아치기 시작한다. 그러나 이런 감정에 휩쓸리지 않고 지금을 살아가야 한다. 순간을 즐기지 않으면, 삶을 살아갈 수 없다. 삶의 여정에서 수많은 순간을 경험하게 된다. 어떤 순간은 기쁨과 희열을 느끼게 하고, 어떤 순간은 슬픔과 고통을 가져올 수도 있다. 하지만 이 모든 순간은 삶을 풍요롭게 만들어 준다.

그러므로 난 지금, 이 순간을 만끽하며, 삶에 대해 감사하고 존중해야 하며 살아가 보려고 한다.

위로가 결제되었습니다.

발행 2023년 05월 30일
지은이 안보미, 로즐리, 이시내, 구미화, 박수진, 박노현, 서원, 김동호, 오소리, 문준호
라이팅리더 양기연
디자인 조효빈
펴낸이 정원우
펴낸곳 글ego
출판등록 2019.06.21 (제2019-67호)
주소 서울특별시 강남구 테헤란로 216, 12층 A40호
이메일 writing4ego@gmail.com
홈페이지 http://egowriting.com
인스타그램 @egowriting

ISBN 979-11-6666-319-2